Charlotte Kroker

Tage der Rache

Kriminalgeschichte aus dem Bergischen Land

Bibliografische Information der Deutschen Nationalbibliothek:
Die Deutsche Nationalbibliothek verzeichnet diese Publikation
in der Deutschen Nationalbibliografie; detaillierte bibliografi-
sche Daten sind im Internet über http://dnb.dnb.de abrufbar.

Dieses Buch ist auch als E-Book erhältlich

Impressum
© September 2021 Charlotte Kroker
ISBN: 9783754346327
Herstellung und Verlag: BoD – Books on Demand,
Norderstedt

Zum Buch

Die Lebensgeschichte einer fünffachen Mörderin

Anna ist das Kind einer Hure. Schon in der Schule erfährt sie, wie es sich anfühlt, an den Rand der Gesellschaft gedrängt zu werden.
Nach dem Tod der Mutter nimmt ihr perverser Erzeuger das achtjährige Kind auf. Ein wahres Martyrium beginnt ...
Der Hass auf das männliche Geschlecht wächst ins Unermessliche. Dann kommt der Tag – und Anna nimmt Rache!

Vorwort

Vor ein paar Jahren sah ich einen Dokumentationsfilm über Kinder von Huren. Zu sehen, wie sie ohne Alternative in so einem Milieu aufwachsen müssen, hat mich sehr berührt.

In dem Film begleitete ein Reporter die Kinder einige Jahre ihres Lebens. Er stellte fest, dass die Chancen nicht sehr groß sind, später ein »normales« Leben zu führen.

Der Film ging mir nicht mehr aus dem Kopf, und so entstand die Idee, ein Buch darüber zu schreiben. Ich begann zu recherchieren. Polizeiberichte habe ich gelesen und in die Akten von Mörderinnen geschaut. Über ein Jahr hat es gedauert, bis ich genügend Daten und Fakten gesammelt hatte, um endlich anzufangen.

Was liegt näher, als die Morde in meiner Heimatstadt passieren zu lassen?

Mein erster Dank gilt meiner Lektorin Sabine Dreyer, die sich auf Krimis spezialisiert hat. Dank an Peter, den ich als Kriminalkommissar fragen durfte. Dank an Michael, der mit seiner Kritik den Inhalt positiv beeinflusst hat. Iris und ihre Mutter, die mir wertvolle Tipps gegeben haben. Anne, die sich beim Lesen gegruselt hat, und meinen Dank an Erika, die mir als Buch-Fachfrau zur Seite gestanden hat.

Anna

Es kommt auf mich zu … schwarz … Es ballt sich über mir zusammen … wird immer größer, dehnt sich aus und … es nimmt Gestalt an. Mein Herz rast, jede Pore an meinem Körper presst den Schweiß heraus. Vor seelischer Pein liege ich zusammengekrümmt wie ein Embryo in meinem Bett. Ich versuche, die Gestalt zu erkennen, und schaue auf muskulöse, gespreizte Beine über mir und … und dazwischen …

Anna riss die Augen auf. Ihr Herz vollführte einen wahren Trommelwirbel. Das Blut raste durch ihre Adern, ihr Schädel dröhnte. Panisch irrte ihr Blick umher. Sie konnte sich erst wieder beruhigen, als sie durch den beginnenden Morgen die Umrisse der Möbel in ihrem Schlafzimmer erkannte.

»Diese verfluchten Albträume!«, ächzte sie.

Mit zitternden Händen tastete Anna nach ihrer Brille, die auf dem Nachttisch lag. Nur mit Mühe schaffte sie es, sie sich auf die Nase zu setzen. Stöhnend quälte sie sich hoch, blieb auf der Bettkante sitzen und suchte mit den Füßen nach ihren Pantoffeln. Dann schlurfte sie zum Fenster, um die Vorhänge aufzuziehen. Der Schmerz und das Unvermögen, sich normal zu bewegen, machten ihr zu schaffen.

Das Gelächter der Schulkinder drang zu ihr herauf. Anna schaute aus dem Fenster und lauschte. Irgendwo kläffte ein Hund. Müde strich sie sich die Haare aus dem Gesicht und sah einen Augenblick auf die Straße.

Angenehm berührt nahm sie das Bild in sich auf, wie die Morgensonne einen dunstigen Lichtschimmer auf den Asphalt zauberte. Dann schaute sie den Kindern zu, die fröhlich lärmend zur Schule gingen. Doch plötzlich gab sich Anna einen Ruck. Sie dachte ärgerlich: *Die Romantik kann mir gestohlen bleiben.* Die lachenden Kinder und das bezaubernde Bild auf der Straße machten sie zornig. Wütend schlug sie das Fenster zu, um das normale Leben auszusperren. Doch tief in ihrem Inneren fühlte sie sich wie ein Verlierer.

Erschöpft humpelte Anna zu ihrem Sessel in die Wohnküche und plumpste hinein. Der Albtraum fiel ihr wieder ein. »Mein Gott«, murmelte sie vor sich hin. »Immer wieder dieselben elenden Träume. Wann wird das mal ein Ende haben?«

Nachdenklich betrachtete sie ihr Jugendbild, das vor ihr an der Wand hing. Es zeigte eine lachende junge Frau, die sehr schön war. Lange, dunkle Locken kringelten sich um ein schmales Gesicht mit einem sinnlichen Mund. Die Erinnerung an die Zeit, in der das Bild aufgenommen worden war, konnte Anna kaum ertragen. Sie hatte dann jedes Mal den Wunsch, es von der Wand zu reißen, doch irgendwie brachte sie es nie fertig. Es war eine kurze, sehr schöne Zeit gewesen – eine Zeit des Glücklichseins. Sie war verliebt, konnte es jetzt nicht mehr glauben. Dann dachte sie an ihr Spiegelbild, das ihr jeden Morgen entgegenstarrte. Es war ein Gesicht, in dem ihre Krankheit geschrieben stand. Eine schlimme Form der Gicht mit großen Schmerzen hatte ihr Aussehen geprägt. Die einst sinnlichen Lippen waren an den Mundwinkeln zynisch herabgezogen wie bei einer sehr alten Frau. Auch ihre Stimme war mittlerweile keifend und schrill, obwohl sie einmal voll und melodisch geklungen hatte. Schon früh, mit Anfang zwanzig, hatte sich die Gicht langsam in ihrem schlanken Körper breitgemacht. Und heute zwang sie die Krankheit, trotz Tabletten, krumm zu gehen. Aber das war noch nicht alles. Ihre Mutter hatte ihr auch noch ein schwaches Herz vererbt.

Ein Blick auf die Uhr zeigte ihr, wie spät es war. *Schon kurz vor acht, gleich muss Frau Gerber kommen.*

Der Schlüssel knirschte im Schloss der Korridortür. Wie jeden Morgen trat Hannelore Gerber, Annas Hilfe und Betreuerin vom Roten Kreuz, mit einem mulmigen Gefühl im Bauch über die Türschwelle in die kleine Wohnung ein. Die pummelige Frau war vom Treppensteigen außer Atem. Keuchend stellte sie ihre Tasche in die Diele und angelte ein Taschentuch aus dem Mantel, um sich den Schweiß aus dem Gesicht zu wischen. Als Hannelore Gerber ihren Mantel auszog, zitterten ihre Hände. Während sie ihn an den einzigen Haken hängte, der in dem winzigen Flur als Garderobe diente, dachte sie: *Bin gespannt, wie sie heute wieder drauf ist.* Doch wie jeden Tag zwang sie sich zu einem freundlichen Gruß.

»Einen schönen guten Morgen, Frau Hellkamp«, klang es unterwürfig.

Und wie jeden Morgen kam prompt die erwartete Antwort: »Was kann an dem Morgen nur schön sein!«

Hm, war klar, dass sie wieder schlecht gelaunt ist. Was sollte sich auch bei der griesgrämigen Alten über Nacht verändert haben?, stellte Hannelore Gerber fest. *Wenn sie endlich beherzigen würde, was der Arzt sagt, würde es ihr besser gehen. Aber nein, nur weil der Arzt ein Mann ist, stellt sie sich an, als ob er ihr ans Leben wollte. Sie dreht bald durch, wenn er seine Besuche macht. Sie will unbedingt eine Ärztin, die verstockte Alte. Ich möchte nur wissen, was sie damit bezwecken will!*

»Ich habe noch ein bisschen Käse mitgebracht, Frau Hellkamp. Er war im Angebot. Es ist Ihnen doch recht?«, rief sie Anna zu, ohne eine Antwort zu erwarten. Hannelore eilte in die Küchenecke, um das Frühstück zuzubereiten. Währenddessen humpelte Anna vor sich hin brummend ins Badezimmer. Während sie sich für den Tag fertigmachte, grübelte sie, dass sie sich selbst auch eine schönere Arbeit vorstellen könnte, als einer kranken, griesgrämigen Frau das Essen zu machen und diese Wohnung zu putzen.

Die Gerber sieht immer scheu und bedrückt aus. Ich kann ihr ansehen, wie ungern sie zu mir kommt. In meine spartanisch eingerichtete Wohnung. Gut, dass sie

nicht weiß, wie viel Geld auf meinem Konto liegt – ob sie
dann immer noch für diesen Hungerlohn bei mir arbei-
ten würde?

Während Hannelore später herumwerkelte und auf-
räumte, hockte sich Anna auf ihren Stuhl an den Küchentisch. Lustlos kaute sie auf ihrer Frühstücksschnitte
mit Käse herum und schlürfte dabei ihren dünnen Tee.
Als ob es nichts Spannenderes geben würde, beobachtete sie ihre Haushaltshilfe mit Argusaugen, ob die ihre
Arbeit ordentlich verrichtete, und vor allen Dingen, wie
schnell.

Annas Zugehfrau merkte, dass sie beobachtet
wurde. Sie spürte die Blicke wie Nadelstiche in ihrem
Nacken und fühlte sich weiß Gott nicht wohl in ihrer
Haut. Am liebsten hätte sie den Putzlappen vor Annas
Füße geworfen und wäre nach Hause gegangen. Aber
was sollte sie machen? Sie war auf den Job angewiesen.
Nachdem sie ihr Mann verlassen hatte, reichte das Geld
nicht, um ein bisschen Lebensqualität zu genießen. Also
ertrug sie jeden Tag die unzufriedene, keifende Frau.
Rasch und gründlich verrichtete sie ihre Pflichten und
verließ dann hastig die Wohnung.

Wie immer verbrachte Anna den ganzen Tag in ihrem
Sessel. Wenn Hannelore Gerber später wiederkam,
merkte sie erst, dass der Tag vergangen war.

Der Abend breitete langsam seine Dunkelheit in der
Stube aus. Gespenstisch winkten die kahlen, dünnen

Äste der Linde zum Fenster hinein. Der Herbst würde, unbemerkt von Anna, langsam in den Winter übergehen.

Als Hannelore Gerber nach dem Abendbrot schon lange fort war, wurde es für Anna Zeit, ins Bett zu gehen. Während sie sich auszog, liefen ihr die Gedanken davon. *In der letzten Zeit habe ich Angst davor, zu schlafen,* überlegte sie mit einem ungutem Gefühl. *Angst vor diesen verdammten Träumen, die mir früher schon den Verstand geraubt haben! Wenn sie kamen und mich quälten, konnte ich sie nur zum Schweigen bringen, wenn ich ES getan habe. Nur dann war ich eine Zeit lang von ihnen befreit.*

Seufzend ließ sie sich in den Sessel plumpsen. Damals klopften die Träume in der Nacht an. Sie kamen immer wieder. Als dann endlich ihre Rache gestillt war, glaubte sie, für alle Zeiten Ruhe zu haben …

»Doch plötzlich schleichen sie sich wieder in meinen Kopf!«, jammerte sie laut. Die grausame Erinnerung, die sie heraufbeschworen hatte, ballte sich in ihr zusammen. Ohne dass sie es wollte, lief alles, wie in einem Film ab. Bilder ihrer schrecklichen Vergangenheit tauchten hinter ihrer Stirn auf und klammerten sich an ihr fest. Vor Erschöpfung schlief Anna irgendwann in ihrem Sessel ein.

Lüsterne Augen starren mich an. Aus einem grinsend verzerrten Mund tropft geifernder Speichel. Als ich ihn

auf meiner nackten Haut spüre, fange ich an zu zittern.
Jedes Knöchelchen in meinem Körper führt ein Eigenle-
ben. Das Gesicht kommt näher. Ein stinkender Atem
streift meine Haut. Ein entsetztes Stöhnen ringt sich aus
meinem Mund. Je näher ES kommt, umso heftiger begin-
nen meine Knochen zu zittern. Riesige, behaarte Arme
und Hände greifen nach mir … es kämpft sich ein Schrei
aus meiner Kehle … grell … anklagend! Mein Körper ist
schweißnass … und zwischen meinen schmerzenden Bei-
nen sehe ich … Blut!

Die Kälte weckte Anna auf. Noch ganz benommen
humpelte sie in ihr Schlafzimmer und kroch ins Bett,
unter die wärmende Decke.

Die Schwärze der Nacht leckt lüstern in alle Ecken
und kommt näher. Eiseskälte umhüllt meinen Körper.
Da! Wieder diese behaarten Arme mit den großen Hän-
den. Sie greifen nach mir. Rückwärts krieche ich bis an
die Wand. Dann haben mich die Hände erreicht. Grob
reißen sie an meinem Körper herum. Wulstige Lippen
verzerren einen Mund, aus dem schwarze Zahnstummel
hervorschauen.

Anna wachte auf. Die Angst, die sie im Albtraum ge-
spürt hatte, war noch gegenwärtig. Wirre Gedanken,
wie im Strudel der Zeit, trieben ihren Geist hin und her.
Alter, vergessener Hass brodelte hoch, entstanden aus
seelischen und körperlichen Schmerzen, die man ihr als
Kind zugefügt hatte. Der Hass bahnte sich einen Weg zu
ihrem Verstand.

Als sie glaubte, alles wieder einigermaßen im Griff zu haben, war sie aus den Klauen der Vergangenheit noch lange nicht erlöst! Jetzt raubte ihr die Erinnerung den Atem. Jahrelang hatte sie Ruhe vor diesen Träumen gehabt. Mit zunehmendem Alter quälten sie sie nun wieder die Erinnerungen.

Wie ein Häufchen Elend lag sie in ihrem Bett. Während sie sich krampfhaft an der Bettdecke festhielt, fuhren ihre Gedanken Achterbahn und rasten in ihrem Kopf herum. Sie brauchte eine Weile, um sich zu sammeln. Die Schmerzen brachten sie wieder in die Gegenwart. Als sie sich aus dem Bett quälen wollte, um die Tabletten zu nehmen, schaffte sie es nicht, aufzustehen. Sie blieb kraftlos und völlig fertig liegen, hielt ihren Kopf mit den Händen fest und wiegte ihn hin und her.

Anna dachte an den Schuldigen ihres verpfuschten Lebens, an ihren perversen Erzeuger, der sie seinen alternden Stammtisch-Kumpeln zur *Verfügung* gestellt hatte. Damals glaubte sie, wenn sie sich rächen würde, dass dann die Albträume aufhören würden. Jedem Einzelnen von ihnen wollte sie es heimzahlen. Ihre Rechnung ging dann eine Zeit lang auf. Jedoch begann irgendwann die Qual wieder von vorne. Ihre kranke Seele litt Höllenqualen.

Dann schaffte es Anna doch noch, sich in ihre Küchenecke zu schleppen, um endlich die Tabletten zu schlucken. Als sie wieder im Bett lag, schlummerte sie ein.

»Frau Hellkamp? Hallo Frau Hellkamp. Ja wollen Sie heute denn gar nicht aufstehen? Das Frühstück ist schon lange fertig, Ihr Tee wird kalt!«

Hannelore Gerber tippelte ratlos hin und her. Sie wusste nicht so recht, was sie machen sollte.

Aber egal, wie ich mich verhalte, ich kriege von ihr sowieso wieder einen auf den Deckel, dachte sie. Doch wenn sie ehrlich war, hatte sie Anna in dem Zustand noch nie vorgefunden.

»Frau Hellkamp. Frau Hellkamp. Ich muss jetzt gehen. Es ist schon spät … habe einen Arzttermin«, stotterte sie unsicher. »Aber dafür komme ich heute Abend etwas früher. Also Frau Hellkamp, dann bis später!« Hannelore nahm ihren Mantel vom Haken und schloss aufatmend die Korridortür hinter sich zu. Mit einem schlechten Gewissen ging sie die Treppe hinunter.

Was ist, wenn sie jetzt stirbt?, dachte sie. *Werde ich dann bestraft wegen unterlassener Hilfeleistung? Ach, ich glaube nicht. Es weiß keiner, dass ich die Hellkamp in so einem seltsamen Zustand verlassen habe.* Unten zog sie die Haustür schnell hinter sich zu und lief mit raschen Schritten davon.

Stinkender Atem weht mir ins Gesicht. Meckerndes Lachen lässt vor Angst mein Blut in den Adern gefrieren. Vor lauter Geilheit tropft Speichel aus dem geöffneten, stinkenden Maul. Übelkeit bis zum Erbrechen drückt mir den Hals zu. Riesengroß drängt sich etwas zwischen meine Beine. Oh, diese Schmerzen! Oh, mein Gott – Blut – überall Blut!

Dieses Mal wachte Anna durch ihren eigenen Schrei auf. Sie schlang die Arme um ihren Körper, als ob sie jetzt Trost brauchte, doch den konnte sie sich nur selber geben. Vielleicht dachte sie zu viel über ihr verpfuschtes Leben nach, grübelte sie. Über die lieblose Kindheit, als ungewolltes Kind.

Der Schmerz und der Durst trieben Anna aus dem Bett. Sie stöhnte laut auf. Zurück ins Bett wollte sie nicht mehr. Sie hatte Angst, weiterzuträumen. Seufzend humpelte sie nur zu ihrem Sessel, denn bis zur Küchenecke schaffte sie es nicht. Das Grübeln zehrte an ihrer Kraft.

Punkt 17:30 Uhr drehte sich der Schlüssel in der Korridortür. Frau Gerber kam mit einem leisen »Guten Abend« herein. Sie war, wie sie versprochen hatte, eine halbe Stunde früher da.

»Frau Hellkamp! Geht es Ihnen nicht gut? Sind Sie krank? Das Frühstück steht noch unberührt auf dem Tisch, und das Mittagessen ist auch noch im Kühlschrank.«

Anna gab keine Antwort. Sie starrte Hannelore Gerber böse und mit zusammen gekniffenen Augen an. Ihre Putzhilfe schüttelte den Kopf, dann eilte sie schnell an den Kühlschrank, stellte das Mittagessen für den nächsten Tag hinein und bereite das Abendbrot vor.

Jetzt ist schon Abend, und die Hellkamp hat noch

nichts gegessen! Ich fasse es nicht. Sie wird immer ver-
rückter. Die kann nicht mehr alleine leben! Sie sollte in
ein Heim gehen. Aber auf mich hört sie nicht. Hm, geht
mich ja auch nix an.

Anna brauchte eine Weile, bis sie aufstehen konnte,
um an den Tisch zu kommen. Hannelore war ratlos. Sie
wusste nicht so recht, wie sie sich verhalten sollte. Es erschreckte sie einerseits, Anna so teilnahmslos vorzufin-
den. Doch dann ärgerte sie sich über ihre Sturheit. Leise
murmelte sie: »Altersstarrsinn!« *Trotzdem muss ich ihr*
noch mal ins Gewissen reden, bevor ich das Sozialamt in-
formiere, dachte sie. *Ich hab Angst, dass das Amt mir die*
Schuld gibt, wenn etwas passiert und ich nichts unter-
nommen habe.

Aus der sicheren Entfernung der Küchenecke sagte
sie: »Frau Hellkamp, wäre es nicht besser, in ein Heim
zu gehen? Es ist für Sie viel zu gefährlich geworden, alleine zu wohnen.« Eigentlich war klar, dass Hannelore
bei der Äußerung ins Fettnäpfchen getreten hatte.

Eine unbeschreibliche Wut überschwemmte Annas
Körper. »Ach was!«, schrie sie. Ihr Kopf schien gleich
zu platzen, so rot wurde er. »Ich bin gerade mal drei-
undsechzig Jahre und noch lange nicht verrückt! Und
ich kann noch sehr gut alleine leben, basta!«

»Na ja, ich meine es ja nur gut mit Ihnen, Frau Hell-
kamp. Sie sind einfach zu viel alleine, und durch Ihre
Schmerzen können Sie sich nicht mehr versorgen. Im
Heim hätten Sie mehr Fürsorge, und es wäre immer

jemand für Sie da. Vor allen Dingen, wenn es Ihnen schlecht geht«, versuchte sie es noch mal. Dann dachte sie: *Soll sie machen, was sie will, und mir den Buckel runterrutschen!*

Nicht nur Anna war sauer, dass ihre Haushaltshilfe sie ins Heim stecken wollte, sondern auch Hannelore Gerber über Annas Benehmen! »Warum mischen Sie sich in mein Leben ein, Frau Gerber? Wenn es Ihnen nicht passt, bei mir zu arbeiten, suchen Sie sich eine andere Stelle!«, rief Anna aufgebracht.

Beleidigt bearbeitete Hannelore Annas Butterbrot, als ob es die alleinige Schuld hätte. »Olle Zicke!«, zischte sie leise zwischen den Zähnen hervor. Als sie später den Abendbrottisch abgeräumt hatte, machte sie noch die Küchenecke sauber und ging dann nach Hause.

Ganz in Gedanken stand Anna am Fenster und starrte hinaus auf die dunkle, nur von einer Laterne beleuchtete Bahnhofstraße. Wahre Wasserfontänen trieb der Wind vor sich her, und prasselnd klopfte der Regen an die Fensterscheiben. Die dunklen Wolken, die der Vollmond anstrahlte, jagten vorbei. So trostlos, wie das Wetter war, so trostlos sah es in Anna aus.

Ein kalter Luftzug, der durch das undichte Fenster hereinströmte, ließ sie erschaudern. Fröstelnd zog sie sich das Wolltuch enger um ihre Schultern, während sie weiter in den Regen starrte. Mit einem tiefen Seufzer schlurfte sie dann auf ihren Sessel zu und setzte sich hinein. Ihre Gedanken weilten wieder in der

Vergangenheit.

»Ach Flori«, flüsterte sie. Ihr Magen verkrampfte sich, als sie an ihre große Liebe dachte. Die einzige kurze Zeit des Glücks. Und während ihr Florian immer noch durch den Kopf geisterte, bemerkte sie nebenbei, dass Hannelore Gerber die Ketchup-Flasche auf dem Schrank stehen gelassen hatte. So etwas konnte Anna überhaupt nicht leiden. »Schlamperei!«, murmelte sie und stand ächzend wieder auf. Mit einem ärgerlich verkniffenen Gesicht humpelte sie zum Kühlschrank, um die Flasche hineinzustellen. Plötzlich jagte ihr ein Schmerz durch die Hand – sie konnte die Flasche nicht mehr halten. Mit einem Knall zerbrach sie, als sie auf dem Fußboden aufkam, und dann verteilte sich der Inhalt vor Annas Füßen. Eine rote Pfütze breitete sich vor ihr aus. Wie gelähmt blieb sie stehen und starrte auf den Küchenboden. Dann kam Leben in ihre Beine. Rückwärts stolpernd flüchtete sie vor der roten Soße, ohne sie aus den Augen zu lassen.

»Blut! Überall Blut«, stieß sie mit gurgelnden Lauten hervor. Verwirrt sah sich Anna um. Die schönen Gedanken an die vergangene Liebe waren verschwunden. In Panik schaute sie auf ihre Hände.

»Wo ist das Messer … das Messer?«, stammelte sie.

Die Erinnerung traf sie wie eine Keule. Sie ließ sich auf die Knie fallen. Ohne ihre Schmerzen zu spüren, kroch sie durch den Raum. Anna robbte durch den Ketchup. Sie stöhnte und jammerte. Mit hoher, piepsender Stimme flüstert sie: »Überall Blut!« Dann sank sie in sich zusammen und schloss die Augen. Ihr krankes Herz hämmerte in ihrer Brust, sodass sie kaum Luft bekam. Anna wollte nichts hören und sehen. Schmerz, Not, Angst und Pein überschwemmten ihren Körper.

Stunden später: Durchgefroren und verwirrt bemerkte Anna, dass sie immer noch auf dem Fußboden saß. Mit ihren ketchupbeschmierten Händen hatte sie die rote Soße über das Gesicht bis in die Haare verteilt. Zitternd vor Kälte versuchte sie aufzustehen. Fast hätte sie es geschafft, doch dann rutschte sie aus und fand sich auf dem Fußboden wieder. Sie schaute um sich herum. Ihre Lippen formten das Wort, Blut …

7:00 Uhr. Das Aufschließen der Korridortür holte Anna in die Gegenwart zurück. Wie aufgewacht blickte sie sich in ihrer Küche um. Sie hatte tatsächlich die ganze Nacht auf dem Fußboden zugebracht und mit ihren Gedanken in ihrer schrecklichen Vergangenheit gelebt.

Mein Gott, die Gerber hat mir doch gerade erst das Abendessen gemacht. Was will die denn schon wieder?, dachte Anna.

Hannelore kam immer erst um 8 Uhr. Doch heute war sie schon eine Stunde früher da. Sie wollte die Wohnung putzen, um Anna anschließend ihre Urlaubsvertretung vorzustellen. Ordentlich hängte sie ihren Mantel an den Garderobenhaken. *Was sie wohl heute wieder zu meckern hat*, ging Hannelore durch den Kopf. Sie klopfte an die Wohnungstür und trat ein. Als sie Anna verwirrt, mit verzweifeltem Gesichtsausdruck und von oben bis unten mit roter Soße bekleckert auf dem Boden sitzen sah, fuhr ihr der Schreck in die Glieder.

»Frau Hellkamp! O Gott, Frau Hellkamp!«, rief sie laut und aufgeregt.

Anna zuckte erschrocken zusammen. Wütend schoss ihr das Blut in den Kopf, und sogleich polterte sie los: »Was fällt Ihnen ein, mich so anzuschreien!«

Hannelore Gerber stürzte auf sie zu und stammelte: »Haben Sie sich verletzt, Frau Hellkamp? Soll ich einen Arzt holen? Sie bluten ja!«

Anna schaute verblüfft auf ihre Hände und dann zu der Küchenzeile, vor der die zerbrochene Ketchupflasche auf dem Boden lag.

»Ja sehen Sie denn nicht, dass es der verdammte Ketchup ist, den ich an den Händen habe! Sie haben vergessen, die Flasche in den Schrank zu stellen«, schnauzte sie herum. »Und jetzt gaffen Sie nicht so und helfen mir endlich auf die Beine!«

Anna konnte Hannelore Gerber ansehen, dass sie sich über ihre Reaktion ärgerte. Bestimmt hatte sie ein bisschen Dankbarkeit erwartet, da sie sich schließlich um sie gesorgt hatte. Die Haushaltshilfe zerrte nun an ihr herum, um sie wieder auf ihre Beine zu stellen. Doch so einfach war es nicht, denn ihr kalter Körper und das lange auf dem Boden sitzen ließen sie schwer wie Blei erscheinen. Sie kam kaum hoch.

Nachdem Anna eine Weile in ihrem Sessel ausgeruht hatte, rappelte sie sich hoch und schlurfte ächzend ins Badezimmer, um sich zu waschen.

Hannelore Gerber kam schon eine Zeit lang zu Anna, um ihr bei den täglichen Kleinigkeiten zu helfen, die sie alleine nicht mehr bewältigen konnte. Anna war ihr schon immer als schwieriger Mensch vorgekommen. Doch dass sie plötzlich geistig und körperlich so sehr nachließ, erschreckte sie. An dem Unglück mit der Ketchupflasche gab sie sich die Schuld. Glaubte sie doch, dass es der Ketchup war, auf dem Anna ausgerutscht war. Sie wusste nichts von Annas Vergangenheit. Wie es in ihr aussah, wusste sie schon gar nicht. Zitternd beseitigte sie die Scherben und putzte schweigend die rote Soße auf.

Mittlerweile saß Anna in ihrem Sessel und überwachte Hannelore Gerber. Dass die Hände ihrer Haushaltshilfe zitterten, bereitete ihr Genugtuung.

Hannelore nahm sich ein Herz und sagte stotternd: »Ich möchte … also, wie soll ich sagen … Ja, ich möchte Ihnen gleich noch meine Urlaubsvertretung vorstellen, Frau Hellkamp. Den Herrn Wacke …«

Es entstand eine unangenehme Pause. Anna starrte Hannelore an. Unter diesem Blick duckte sie sich wohl ahnend, dass ihre kranke Arbeitgeberin gleich die Kontrolle über sich verlieren würde. Doch das wäre noch gelinde gewesen, denn Anna explodierte förmlich.

»Waaas?! Ein Mann soll meine Wohnung betreten? Das ist nicht Ihr Ernst, Frau Gerber? Passen Sie gut auf. Der ist schneller wieder draußen, als er reingekommen ist. In meiner Wohnung dulde ich keinen Kerl, merken Sie sich das!« Dann musste sie erst Luft holen, um überhaupt weitersprechen zu können. Ihr Gesicht war feuerrot, dann flippte sie förmlich aus.

Annas Haushaltshilfe bekam es mit der Angst zu tun. Sie rechnete jeden Augenblick damit, dass ihre Arbeitgeberin der Schlag treffen würde.

»Bitte Frau Hellkamp, beruhigen Sie sich doch«, jammerte sie. »Es geschieht doch nichts, was Sie nicht wollen. Aber ich dachte …« Doch Anna ließ sie nicht ausreden.

»Mein letztes Wort. Keinen Kerl! Sehen Sie zu, wen Sie anheuern können, aber keinen Mann, basta!«

Wutentbrannt wollte Hannelore Gerber so schnell wie möglich aus der Wohnung. Während sie ihren Mantel vom Haken riss, schaute sie sich noch einmal um und sah gerade noch, wie Anna in sich zusammensackte und auf dem Fußboden aufschlug. Ihre Wut war verraucht. Schnell ging sie zum Telefon und wählte den Notruf.

Barbara

Das Schicksal hatte es mit Babara Hellkamp nicht gut gemeint. Wahrscheinlich war es ihre Erzeugerin, die sie am frühen Morgen des 31.01.1936 in Wuppertal im Hausflur eines Kinderheims ablegte. Nur ein einsamer Zettel mit dem Namen Hellkamp, der mit Buchstaben aus einer Zeitung zusammengesetzt war, lag auf ihrem nackten Bauch. Man hatte versucht, aufgrund des Namens ihre Identität festzustellen. Sämtliche Recherchen gingen ins Leere.

In diesem Heim aufzuwachsen war kein Zuckerschlecken für Barbara. Schläge und Essensentzug waren dort an der Tagesordnung. Dazu kam noch, dass sie von ihren Leidensgenossinnen ausgegrenzt wurde. Es war von den Mädchen pure Eifersucht, denn Barbara war ein stilles, schönes Kind.

Der 31. Januar 1954 war ein kalter, aber sonniger Tag. Barbara hätte bald vergessen, dass sie an diesem Tag achtzehn Jahre alt wurde! Alleine mit sich und der Welt gönnte sie sich eine Tasse Kaffee in dem Stehrestaurant, wo sie hin und wieder arbeitete. Während sie das heiße Getränk schlürfte, grübelte sie über ihre Zukunft nach. Sie hätte lieber etwas Richtiges gelernt, anstatt nur zu jobben. Viel Hilfe, wie sie es anstellen sollte, an eine Lehrstelle zu kommen, hatte sie vom Heim aus nicht. Plötzlich bemerkte sie, dass sie beobachtet wurde. Babara drehte sich um und sah geradewegs in die blauen

Augen eines Mannes, der sie anstarrte, während er seinen Kaffee trank. Nun war es Barbara nicht neu, dass sie von den Männern bemerkt wurde, doch so ein gut aussehender, schon etwas älterer Mann erregte auch ihre Aufmerksamkeit. Sie musste immer wieder zu ihm hinsehen und wurde jedes Mal unsicherer, denn sie schätzte ihn mindestens 20 bis 26 Jahre älter, als sie selber war.

Weltgewand verstand es der Fremde, mit ihr ins Gespräch zu kommen. Verschüchtert, unerfahren und glücklich zugleich ließ sie sich darauf ein und erzählte, dass sie Geburtstag hatte. Nachdem er ihr den Kaffee aufgrund des besonderen Tages spendiert hatte, flüsterte er ihr zu, dass er sie unbedingt wiedersehen müsse. Eingehüllt in Komplimente und schmeichelnde Worte stimmte sie einer Verabredung zu. Später dann, meldete sich ihr schlechtes Gewissen. Und doch ging sie mit klopfendem Herzen zu der Verabredung.

Ungewohnt glücklich verbrachte Barbara ihre freie Zeit nur noch mit ihrem Verehrer, Friedhelm Lunkmeyer. So zuvorkommend und liebevoll war ihr noch kein Mensch begegnet. Vor allen Dingen seine Großzügigkeit fand sie gigantisch. 1954 saß das Geld noch nicht so locker, und aus dem Heim kannte sie so eine Großzügigkeit nicht. Geld schien bei ihm keine Rolle zu spielen. Friedhelm Lunkmeyer warb um sie mit einem Charme, dem sie nicht widerstehen konnte. Schon nach kurzer Zeit des Kennenlernens lud er sie in sein Haus nach Hückeswagen ein. Barbara war überwältigt. Sie sah sich schon als Frau Lunkmeyer mit eigenem Haus im Grünen. Glücklich dachte sie, dass nun alles besser werden würde. Und unerfahren, wie sie war, glaubte sie Lunkmeyer alle Versprechungen, die er ihr machte. Anfang Mai hatte Barbara Hellkamp nach kurzer Zeit frohen Herzens alle Brücken hinter sich abgebrochen und war zu ihrem Freund nach Hückeswagen gezogen. Es begann die glücklichste Zeit in ihrem Leben.

Barbara wohnte nun schon drei Monate in Hückeswagen am Buschweg, nahe am evangelischen Krankenhaus. Von so einem Leben hatte sie immer geträumt. Es machte sie auch nicht stutzig, dass Friedhelm Lunkmeyer über sie wachte und bestimmte, was sie zu tun und zu lassen hatte und dass sie das Haus nicht alleine verlassen durfte. Lunkmeyer war sechsundzwanzig Jahre älter und wirkte väterlich auf sie. Außerdem war sie es gewöhnt zu gehorchen.

Um Lunkmeyers Grundstück waren riesige, dichte Hecken gepflanzt. Direkte Nachbarn gab es nicht, und da er sowieso immer unnahbar nur für sich gelebt hatte, konnte keiner wissen, dass bei ihm eine Frau eingezogen war. Babara dachte, dass es sicher an seinem Job als Angestellter der Kreissparkasse in der Nachbarstadt Wipperfürth läge, dass sie keinen Kontakt zu anderen Menschen haben durfte. Sie überlegte nicht weiter, denn ihr ging es gut. Er kleidete sie jedes Mal ein, wenn er mit ihr in die Großstädte fuhr. Sich um irgendetwas zu sorgen brauchte sie nicht, das tat ihr Freund für sie. Lunkmeyer verwöhnte und verhätschelte Babara noch ungefähr vier Monate, bis … ja, bis er ihr klarmachte, dass sie jetzt an der Reihe wäre, sich zu revanchieren. Wie das auszusehen hatte, machten ihr seine Stammtisch-Kumpel begreiflich. Für Babara brach eine Welt zusammen. Sie weigerte sich, den Männern ihre abartigen sexuellen Wünsche zu erfüllen. Sie weinte und flehte, appellierte an die große Liebe zu Lunkmeyer.

Eine Zeit lang ließen sich die alten Kerle hinhalten, und bevor sie Barbara dazu zwingen konnten, half ihr das Schicksal auf eine komische Art und Weise. Barbara war schwanger von Lunkmeyer! Aber wenn sie geglaubt hatte, dass das Leben im Heim unerträglich gewesen wäre, so lernte sie, dass es noch weitaus schlimmer kommen konnte.

Am 01. Mai 1955 war es so weit. Die Wehen setzten ein. Lunkmeyer war total überfordert. Er war aufgebracht und wütend, so etwas mitmachen zu müssen. Entnervt rief er seinen Kumpel Alfons Remmkel an, der alleine lebte. Barbara wurde von ihm mit dem Auto nach Remscheid in die Klinik gebracht. Bevor er sie auf dem Krankenhausparkplatz förmlich rausschmiss, schärfte er ihr noch einmal ein: »Du weißt, den Lunkmeyer darfst du als Vater angeben, aber sonst hältst du die Klappe! Ein unbedachtes Wort, und du stehst alleine auf der Straße und wirst uns dann alle richtig kennenlernen!«

Verängstigt und von Wehen geschüttelt schleppte sich Barbara zum Eingang des Krankenhauses.

Lunkmeyer fieberte den Tag ihrer Entlassung herbei, um sie wieder unter seiner Kontrolle zu haben. Er hatte unglaubliche Angst, dass sie ausplaudern könnte, was er von ihr in Bezug auf seine perversen Kumpel verlangt und wovor sie die Schwangerschaft letztendlich verschont hatte. Das wäre für seine Stellung in der Bank das Aus gewesen.

Wieder zu Hause, musste Barbara fortan mit dem Säugling im Keller leben. Für Lunkmeyer war dieses Kind wie ein Geschwür. Und der ganze Weiberkram, wie er sich ausdrückte, der mit einer Geburt zusammenhing, war widerlich für ihn. Barbara konnte ihr Kind mehr schlecht als recht versorgen, denn wie man mit einem Neugeborenen umging, wusste sie nicht. Eine Anleitung, das Kind zu versorgen, hatte sie im Schnellverfahren im Krankenhaus gezeigt bekommen, mehr aber auch nicht. Liebe kannte sie selber nicht, also tat sie nur so viel, damit der Säugling überlebte.

Lunkmeyer hasste dieses Kind. Es schrie und brachte seine Vorstellungen vom Leben so durcheinander, dass er Barbara eines Morgens ein Ultimatum stellte, wann sie mit dem Säugling auszuziehen hatte. Er versprach ihr, dass er für das Kind regelmäßig Alimente und auch für sie zahlen würde, aber nur so viel, dass sie überleben konnten. Er drohte, die Zahlung sofort einzustellen, wenn sie auch nur ein Sterbenswort über ihre Zeit des Zusammenlebens und vor allen Dingen über ihn verlauten lassen würde. Lunkmeyer hatte sich mittlerweile so in Wut geredet, dass er schrie: »Ich mache dich für alle Zeiten fertig, wenn du dich nicht daran hältst, was ich dir sage. Außerdem wird dir sowieso keiner glauben!« Er drohte ihr so massiv, dass sie gar nicht auf die Idee kam, ihm *nicht* zu gehorchen.

Eingeschüchtert und verzweifelt grübelte Barbara, was sie nun tun sollte. Wenn sie auch die Alimente für ihr Kind hatte und etwas zum Leben für sich, aber von was sollte sie die Miete bezahlen? Und wie sollte sie mit einem Kind arbeiten gehen? Barbara war direkt zu Lunkmeyer gezogen, statt sich um Arbeit oder Lehrstelle zu kümmern.

Am nächsten Morgen fuhr sie mit dem Kinderwagen in die Stadt, um eventuell eine leere Wohnung zu entdecken. Als sie in der Bahnhofstraße an einem Schirmgeschäft vorbeikam, sah sie einen Aushang im Fenster, dass eine Wohnung in der Bongardstraße nahe dem Schloss frei war. Etwas Geld hatte sie sich aufgespart aus der Zeit, als Lunkmeyer noch großzügig war. Er hatte ihr damals, als er sie noch in Wuppertal besuchte, so manches Scheinchen zugesteckt. Sie sollte sich damit trösten, wenn er einmal nicht bei ihr sein konnte. Babara hatte das Geld gespart, denn wenn sie mit Lunkmeyer unterwegs war, wurde sie von ihm eingekleidet und bekam auch sonst jeden Wunsch erfüllt. Also brauchte sie es nicht zwingend.

Am Nachmittag machte sie sich erneut auf den Weg, um die Bongardstraße zu suchen. Als sie die steile Islandstraße bezwungen hatte, war es nicht mehr weit. Nahe am Schloss, auf dem Berg, endlich angekommen, war die Enttäuschung groß, als sie das windschiefe, alte Haus gefunden hatte. Die Gasse war so eng, dass es die Sonnenstrahlen im Hochsommer wahrscheinlich kaum schafften würden, in die oberen Fenster zu schauen. Ängstlich und der Verzweiflung nahe stand Barbara vor dem Haus.

Plötzlich öffnete sich die Haustür, und eine alte, mürrisch aussehende Frau fragte, ob sie sich für die Wohnung interessieren würde. Hoffnung stieg in Barbara auf, und als sie Grete Berthold ins Haus folgte, dachte sie, dass es doch noch gut ausgehen könnte. Aber schnell merkte Barbara, dass sie auch hier keinen Samariter gefunden hatte. Die Wohnung konnte sie zwar ohne Miete haben, aber dafür musste sie für die alte Frau arbeiten. Wieder einmal war ihr gutes Aussehen schuld, dass sie ausgebeutet werden sollte.

Grete Berthold war in der Vergangenheit eine Hure gewesen. Sie hatte sofort erkannt, wie sie ihr Altersgeld durch diese Schönheit aufbessern konnte. Die alte Frau machte Barbara den Vorschlag, für sie anschaffen zu gehen. Die Gegenleistung dafür war, dass sie keine Miete zahlen brauchte und dass die alte Vettel auf ihr Kind aufpassen würde. Außerdem versuchte sie, es noch schmackhafter zu machen, als sie ihr in Aussicht stellte, dass noch genug Geld vom Anschaffen für sie selber übrig bleiben würde.

Erst einmal war Barbara verzweifelt. Sie wollte nicht auf diese Art ihr Geld verdienen. Doch noch ein Tag im Hause Friedhelm Lunkmeyer genügte schon, um sich für die Bongardstraße zu entscheiden.

Babara wohnte nun mit ihrem Kind bei Grete Berthold. Den Männern war sie nicht entflohen. Im Gegenteil, die alte Frau versuchte, die schüchterne junge Frau in das Gewerbe, in dem sie sich zur Genüge auskannte, einzuweihen. Da der Hückeswagener Bahnhof nicht weit war, fuhr Barbara wie ein normal arbeitender Mensch gegen Abend nach Remscheid oder Solingen. Und während dieser Zeiten wurde das Mädchen Anna so versorgt, dass es überleben konnte. Es fiel Babara schwer, in dieser Art mit den Männern zu verkehren. War sie doch unschuldig an Lunkmeyer gewöhnt, denn die Schwangerschaft hatte sie vor dem Missbrauch durch die Kumpel bewahrt. Durch ihre Not, überleben zu müssen, fügte sie sich immer williger. Außerdem bot ihr Grete Berthold so etwas wie ein Zuhause. Wie sich ein richtiges Zuhause anfühlte, konnte sie durch die ersten Monate bei Friedhelm Lunkmeyer nur ahnen.

Ihr Leben bestand tagsüber aus Schlafen. Gegen Abend lief sie dann aufgestylt zur Stadt hinunter und dann zum Bahnhof. Grete Berthold hatte ihr durch ihre

Erfahrungen und den Kontakt zu alten Freiern den Start vorbereitet. »Das andere kommt durch Mund-zu-Mund-Propaganda«, meinte die alte Vettel süffisant. Recht schnell hatte Anna einige Stammkundschaft, von denen sie auch schon mal mit dem Auto zurück nach Hückeswagen gebracht wurde. Wenn es ein besonders betuchter Freier war, ließ er sie mit dem Taxi von Hückeswagen nach Remscheid kommen. Am Bahnhofsvorplatz stand das erste Taxi von Hückeswagen mit dem schönen Namen Kraftdroschke.

Während Babara unterwegs war, lebte die kleine Anna wie das Eigentum von Grete Berthold in der Bongardstraße!

Anna

Anna lebte einsam und abgeschottet bei der alten Frau, die sie Oma Berthold nannte. Das Haus durfte sie nie alleine verlassen, mit anderen Kindern spielen schon gar nicht. Sie hätte etwas über ihre Familie ausplaudern können. Die alte Frau hielt Anna wie eine Leibeigene.

Nach der Osterzeit wachte Anna eines Morgens auf und sah ein neues Kleid über dem Stuhl vor ihrem Bett hängen. Ihre Mutter, Barbara, musste es mitgebracht haben, als sie noch schlief. Danach fragen, warum sie plötzlich so ein schönes Kleid anziehen sollte, traute sie sich nicht, denn meistens bekam sie zur Antwort: »Frag nicht so dumm. Es ist besser, wenn du nicht so viel weißt!«

Anna betrachtete das Kleid. *Es hat so schöne Rüschen und Bänder, ob das wirklich für mich ist?* Bevor sie mit ihren Überlegungen fertig war, kam Grete Berthold wie ein Unwetter ins Zimmer gerauscht, um Anna zu wecken. Eigentlich hätte sie sich gerne alleine angezogen, doch das dauerte der alten Frau zu lange. Also ließ Anna die Prozedur des Anziehens über sich ergehen. Anschließend versuchte die schlecht gelaunte alte Frau, ihre langen, lockigen Haare zu einem Zopf zu flechten. Dabei schimpfte sie wie ein Bierkutscher. Mit ihren groben Händen so etwas zu tun, war ihr fast unmöglich. Sie riss an Annas Haaren herum, dass sie fast vom Stuhl fiel.

Warum die Kleine sich dabei schuldig fühlte? Sie wusste es nicht.

Während Grete Berthold an ihren Haaren zerrte, überlegte Anna: *Ob ich mit zum Einkaufen gehen darf?* Doch dann fiel ihr ein, dass sie schon einmal gebettelt hatte, Oma Berthold möge sie mitnehmen. Die Antwort war: »Du störst nur. Wenn du dabei bist und so viel fragst, kann ich mich nicht konzentrieren. Ich vergesse dann, die Hälfte einzukaufen. Nein, nein, du bleibst hier und wartest brav, bis ich wiederkomme. Und wehe, du stellst etwas an, dann …« Die alte Frau hatte mit der Hand einen Schlag angedeutet. Anna war zusammengezuckt. *O nein, nicht schon wieder Schläge!*

Mittlerweile war sie mit dem Flechten fertig, obwohl das Gebilde auf dem Kopf des Kindes nicht im Geringsten einem Zopf glich. Anna bekam dann ihre morgendliche Schnitte Brot vorgesetzt, dünn mit Margarine bestrichen, und einen Tee, den sie verabscheute. Als sie alles hinuntergewürgt hatte, wurde sie von der dicken Berthold am Arm aus dem Haus und auf die Marktstraße gezerrt. Die Alte watschelte und schaukelte so sehr neben ihr her, dass sie manchmal ausweichen musste, um von ihr nicht umgerissen zu werden. Anna platzte bald vor Neugierde, sie wollte es jetzt wissen, wohin sie mit Oma Berthold gehen musste. Sie nahm all ihren Mut zusammen. Leise fragte sie: »Gehen wir zum Arzt, Oma Berthold?«

Sie bekam wie meistens keine Antwort. Enttäuscht senkte sie den Kopf, trabte brav weiter neben der schwitzenden, schnaufenden Alten her und tauchte ab in ihre Kinderfantasiewelt. Dort war sie eine Schatzsucherin und gerade dem Schatz auf die Spur gekommen, als sie einen Schubs bekam. Erschrocken schaute sie auf. Durch ihre Fantasiegeschichte hatte sie nicht mitbekommen, dass sie plötzlich in der Kölner Straße vor der städtischen Grundschule standen.

»Wow!« Sie würde ab jetzt in die Schule gehen! Anna starrte mit großen Augen auf das Haus. Es schien ihr riesengroß, als ob es bis in den Himmel gewachsen wäre. Sie musste ihren Kopf in den Nacken legen, um staunend bis zum Dach hinauf zu schauen. Dann sah sie auf die Kinder, die vor dem Eingang der Schule herumwuselten. So viele auf einen Haufen, hatte sie noch nie gesehen – und dann diese riesengroße Tür!

Es machte ihr alles ein bisschen Angst. Als sie sich Schutz suchend an Oma Berthold anlehnte, wurde sie von ihr zur Seite gestoßen und dann grob und ungeduldig zur Schultür hineingezerrt. Grete Berthold hatte für das Staunen des kleinen Mädchens kein Verständnis. Was danach ablief, und an die ersten Schultage, daran konnte sich Anna nicht mehr erinnern. Aber an die kleinen, kindgerechten Stühle und Tische erinnerte sie sich, und dass die Frau an der Tafel so freundlich zu ihr war! So etwas hatte sie kaum erlebt! Aber das Besondere an der Schule waren die Pausen. Darauf freute sich Anna jeden Tag aufs Neue. Der Schulhof war für Kinder wie geschaffen. An seinem Ende stand eine mächtige Buche, deren alte, ausgewaschene Wurzeln zum Sitzen einluden. An einer Seite des Baumes waren die Wurzeln so gewachsen, als ob es ein Thron wäre. Nur darauf sitzen durfte Anna nicht. Das durfte nur ein bestimmtes Mädchen, zu dem die anderen Kinder – im Spiel - *Prinzessin* sagten. Auf dem Schulhof wuchsen ja noch andere Bäume und Büsche, in denen sich Anna verstecken konnte. Ach, es gab so viel zu entdecken! Manchmal stand sie minutenlang vor der Buche und verfolgte mit den Augen die Wurzeln, die wie durch ein Wunder irgendwann in der Erde verschwanden. Sie hatte es genossen, sich aufs Moos zu setzen, das sich wie ein Kissen anfühlte. Unglaublich! Es war fantastisch! Sie konnte mit ihren Händen nicht oft genug über das Moos fahren. Wie laut die Vögel in den Bäumen zwitscherten, und dann die vielen Käfer, die auf dem Boden herumkrabbelten! Anna kannte die Tiere fast nur aus Büchern. Lange glaubte sie, dass der Regenwurm eine kleine Schlange sei.

In der Schule war sie glücklich, sie fühlte sich wohl. Das Lernen bereitete ihr keine Probleme. Wie ein Schwamm saugte sie den Lernstoff in sich hinein. Bald war sie die beste Schülerin ihres Jahrgangs. Als Nächstes wollte sich Anna eine Freundin suchen. Da sie vorher nie Kinder zum Spielen gehabt hatte, fiel ihr am Anfang nicht auf, dass sie von ihren Mitschülern gemieden wurde. Erst nach zaghaften Versuchen mitzuspielen merkte sie, dass das Verhalten der Kinder ihr gegenüber abweisend war. Ja, sie grenzten sie aus. Brutal offen, wie Kinder nun mal sind, hänselten sie Anna, und so erfuhr sie, dass ihre Mutter eine Hure war. Erst fand sie es nicht schlimm. Sie wusste nicht, was Huren so machen. Anna nahm sich vor, Oma Berthold in einem geeigneten Augenblick zu fragen.

Als sie die Alte fragte, reagierte die mit einem Lachanfall! Sie machte dabei ihren Mund so weit auf, dass Anna auf die schadhaften Zahnstummel sehen konnte.

»Mach dir nichts draus«, gurgelte sie vor Vergnügen, dabei lief ihr die Spucke aus den Mundwinkeln. »Eines Tages wirst du in die Fußstapfen deiner Mutter treten, dafür werde ich sorgen. Denn wenn ich dich so ansehe … du bist ein hübsches Ding! Man kann mit dem, was deine Mutter macht, viel Geld verdienen, hörst du? Die Männer werden Schlange anstehen, nur um dich zu kriegen!«

Jetzt war Anna genauso schlau wie vorher. Was war das nur für ein geheimnisvoller Job, den ihre Mutter machte? Wo die Männer Schlange stehen mussten? Und was machten die Frauen so lange? Warum mussten sie nicht in der Schlange anstehen? Der Beruf schien wichtig und interessant zu sein. Deshalb musste sie auch so oft auf ihre Mutter verzichten. Deshalb hatte die so wenig Zeit für sie. Das war ihr jetzt klar! Doch eins wollte sie noch wissen. »Warum ärgern mich die Kinder dann, wenn Mutter so einen tollen Beruf hat, Oma Berthold?«

Keine Antwort, nur ein breites Grinsen auf dem schwammigen Gesicht der alten Frau.

Andreas, ein Junge aus der Parallelklasse, mochte Anna besonders gut leiden. Wenn sie von den Mädchen in der Pause herumgeschubst wurde, kam er wütend angelaufen, um sie zu beschützen. Dafür himmelte sie ihn an. Es tat ihr leid, dass ihn die anderen Jungs dafür hänselten, nur, weil er ihr half! Überhaupt, Anna fand Jungs gigantisch. Sie erschienen ihr wie die besseren Menschen. So groß und stark … Ein Junge wäre sie gerne geworden!

Oft grübelte Anna darüber nach, wieso es Mädchen und Jungs überhaupt gab. Warum gab es die schwachen Mädchen und Frauen, außer ihrer Mutter und Oma Berthold natürlich, denn die waren eine Ausnahme. Und warum gab es starke Jungen und Männer? Worin bestand der Unterschied? Dann überlegte sie: *Manche Jungs sehen aus wie Mädchen und verhalten sich auch so. Aber warum waren sie dann Jungs? Ob ich Oma Berthold fragen soll? Lieber nicht. Eine Antwort bekomme ich eh nicht. Oder sie lacht mich wieder aus.* Das mochte Anna ganz und gar nicht.

Einmal begleitete Andreas Anna nach Hause. Sie fragte ihn, ob er wisse, warum die anderen Kinder sie nicht leiden konnten. Daraufhin verabschiedete er sich schnell und lief mit hochrotem Gesicht davon. Traurig erzählte Anna es dann doch der alten Frau. Wieder bekam sie keine vernünftige Antwort. Die Alte tätschelte ihr nur auf dem Kopf herum und sagte: »Du musst schon abwarten, Kleine, bis es so weit ist, dann wirst du selber merken, wofür du da bist und warum es Frauen und Männer gibt.«

In einer stillen Stunde dachte Anna darüber nach, dass sie bestimmt eine Auserwählte sei, weil sie von allen so besonders behandelt wurde. Vielleicht war sie eine Prinzessin?! Dazu kam noch, dass ihre Mutter so einen geheimnisvollen Beruf hatte. *Vielleicht sind die anderen Mädchen nur neidisch*, dachte Anna.

Ab dem zweiten Schuljahr war Annas Beschützer plötzlich weg, vielleicht in eine andere Stadt gezogen. Nun war sie den Hänseleien der Kinder wieder voll ausgesetzt. Wenn nicht ab und zu ihre Lehrerin Frau Brucher ein Machtwort gesprochen hätte, wäre es ihr ganz schön schlecht ergangen. Aber irgendwie schaffte es Anna, die Boshaftigkeiten ihrer Mitschüler nicht so dicht an sich herankommen zu lassen. Frau Brucher war überhaupt die Einzige, die ab und zu ein nettes Wort für sie übrighatte. Mitleidig und versonnen schaute sie Anna manchmal an und streichelte über ihre schwarzen Haare. »So schöne Locken hätte ich auch gerne, Anna«, sagte sie einmal zu ihr. Dass etwas schön an ihr sein sollte, konnte sie nicht glauben.

Als Grete Berthold am Nachmittag zum Einkaufen ging, rückte Anna einen Stuhl vor den Spiegel und sah hinein. Es schaute ihr ein kleines Mädchen mit traurigen großen, braunen Augen entgegen. Schwarze Locken kringelten sich um ein schmales Gesicht. Anna fasste ihre Haare an. »Hm, was soll daran so besonders sein?«, murmelte sie vor sich hin. Also hatte sie das Ganze auch schnell wieder vergessen.

An einem Freitagmittag wollte sie ihren alt bekannten Weg von der Schule nach Hause gehen. Plötzlich tauchten drei ältere Mädchen neben ihr auf. Der Schreck fuhr Anna in die Glieder, denn dass ihr jetzt irgendetwas bevorstand, war ihr klar. Und dass es nichts Gutes bedeutete, denn die Mädchen nahmen schon in der Schule jede Gelegenheit wahr, sie zu quälen.

Sie wurde von den dreien eingekreist, angerempelt und wie ein Spielball hin und her gestoßen. Ihr brach vor Angst der Schweiß aus, doch was sollte sie machen? Hilflos schaute sich Anna um, doch niemand war in der Nähe, der ihr helfen konnte. Sie versuchte zu entkommen. Doch an einem alten, leer stehenden Haus wurde sie wieder eingeholt, und von den Mädchen in die Einfahrt gedrängt. Sie beschimpften Anna auf übelste Weise und schubsten sie dann in den herumstehenden Müll, sodass sie sich die Knie aufschlug. Das reichte den Mädchen offenbar noch nicht. Sie rissen grob an Annas Haaren herum und klärten sie höhnisch und vulgär in allen Einzelheiten über den »tollen« Beruf ihrer Mutter auf. Zum krönenden Abschluss bekam sie noch einen Schlag ins Gesicht, und während die Mädchen lachend davonliefen, riefen sie laut: »Hurenkind, Hurenkind!«

Schluchzend blieb Anna liegen. Sie war verwirrt. Diese Neuigkeit musste sie erst einmal verarbeiten, bevor sie nach Hause gehen konnte. Auf jeden Fall wusste sie jetzt, wie und womit ihre Mutter so viel Geld verdiente.

Lange hockte Anna in der Ecke des alten Hauses. Ihr Kopf war das reinste Bienenhaus. Kein vernünftiger Gedanke passte mehr hinein. Irgendwann stand sie auf und schlich langsam nach Hause. Die Knie bluteten, die Bluse war zerrissen. Die Haare standen strubbelig vom Kopf. Seufzend wischte sie sich die Tränen aus dem Gesicht, die nicht aufhören wollten, zu fließen. Ach, es war überhaupt ein schwarzer Tag für sie. Deshalb konnte sie sich später so genau daran erinnern.

Mit brummendem Kopf und verheultem Gesicht kam Anna zu Hause an. Sie klingelte zaghaft. Grete Berthold riss die Haustür auf, und bevor sie wegen ihres Zuspätkommens ein Wort der Entschuldigung sagen konnte, traf sie der erste Schlag mit dem Kochlöffel. Dann folgte der zweite. Und jedes Mal, wenn sie erklären wollte, warum sie so spät nach Hause gekommen war, setzte es den nächsten Schlag. Stundenlang hatte sie dann wimmernd zwischen Flur und Küche gelegen. Grete Berthold hatte sie so sehr zusammengeschlagen, dass sie eine Woche lang nicht in die Schule gehen konnte.

Barbaras Tod

Das war die Zeit, in der selbst die zartesten Gefühle, die Anna für die alte Frau hatte, erstarben. In ihr war alles wie erfroren. Doch dass es so war, fiel ihr erst später auf, als das Leben für sie schon abgefahren war. Mit der Boshaftigkeit ihrer Mitmenschen lernte Anna umzugehen. Und mit der Zeit prallten die Anfeindungen an ihr ab. Irgendwann wurde sie für ihre Mitschüler uninteressant. Die Kinder vergaßen, warum man sie nicht mochte. Wenn die Mütter auf den Schulhof schwärmten, um ihre Kinder abzuholen, ertrank Anna bald im Hass auf ihre eigene Mutter. Die hatte nie Zeit für sie. Wie auch? Damit sie ihrem *Gewerbe* nachgehen konnte, schlief sie tagsüber bis in den Nachmittag hinein.

»Ich muss jetzt schlafen, damit ich ausgeruht für unseren Lebensunterhalt sorgen kann, Anna«, erklärte sie ihr, wenn sie bettelte, Mutter möge doch einmal mit ihr spielen. Aufgestylt verschwand die unnahbare Babara Hellkamp dann gegen Abend.

»Oma Berthold, wo ist mein Vater?«, wollte Anna einmal wissen.

Darüber amüsierte sich die alte Frau köstlich und lachte schallend, als ob sie einen Witz gemacht hätte. »Dich hat der Esel im Galopp verloren.«

Wie Oma Berthold das wohl meinte? Sie hatte einen Vater, das wusste sie ganz genau! *Ich weiß jetzt, wie man Kinder macht, oder haben die Mädchen etwa gelogen?,* fragte sich Anna.

Die Einsamkeit? Ja, die konnte sie gut aushalten, die kannte sie ja. Die Einsamkeit war ihr Freund. Sie hatte schon lange ihre eigene Fantasiewelt erschaffen, in der war sie eine Heldin! Niemand konnte ihr dort etwas anhaben. Dort war sie bärenstark.

Annas achter Geburtstag stand bevor, da kratzte das nächste schreckliche Erlebnis an ihrem seelischen Panzer. Barbara Hellkamp, ihre Mutter, lag im Sterben, obwohl sie gerade erst siebenundzwanzig Jahre alt geworden war. Es machte Anna nicht gerade traurig, denn was Sterben im Endeffekt bedeutete, wusste sie nicht, und besonders auffallen würde ihre Abwesenheit auch nicht.

»Du musst zu deiner Mutter gehen«, sagte Grete Berthold. »Sie will dich sehen! Einem Sterbenden darf man den letzten Wunsch nicht abschlagen! Komm Anna, schnell, sonst ist es zu spät!«

Zu dem besonderen Ereignis musste sie ihr gutes Kleid anziehen, und dann begleitete sie die alte Frau in die Stadt hinunter zum Marienhospital. Anna machte sich nicht viel Gedanken darüber, was sie erwartete, denn der Weg dorthin und dann das Krankenhaus selbst überhäuften sie mächtig mit Eindrücken, die sie verarbeiten musste. Von außen sah das Marienhospital fast so aus wie ihre Schule. Vor allen Dingen der große Eingang. Zögernd blieb Anna davor stehen.

»Jetzt geh schon weiter«, schimpfte die alte Berthold und schubste sie zur Tür hinein. Der Geruch, der in

Krankenhäusern so üblich ist, machte sie ängstlich. Mit großen Augen schaute Anna auf die Frau, die erhöht hinter dem Empfang saß. Sie sah hochmütig auf die beiden Neuankömmlinge herab. Grete Berthold meldete sich an und fragte, in welchem Zimmer Barbara Hellkamp lag. Dass man sich hier anmelden musste, konnte Anna nicht verstehen. Warum durften sie nicht so hereinkommen? Schließlich wohnte ihre Mutter jetzt in diesem Haus!

Die langen Flure mit den vielen Türen, die sie entlanggingen, machten ihr noch mehr Angst. Impulsiv streckte sie die Hand aus, um sich an der alten Frau festzuhalten. Doch dann zog sie die Hand schnell wieder zurück. Sie erinnerte sich daran, dass Grete Berthold es nicht leiden konnte von ihr angefasst zu werden.

O mein Gott!, dachte Anna. Sie hatte den Eindruck, dass das Krankenhaus nur aus Fluren und Türen bestand. Sie glaubte, nie irgendwo anzukommen. Die Angst wurde immer größer. Zu Oma Berthold sagte sie leise: »Ich habe Bauchschmerzen.«

Doch die zischelte nur: »Du und deine Bauchschmerzen. Alles Einbildung, und jetzt halt bloß deinen Mund!«

Irgendwann wurde Anna in ein Zimmer hineingeschoben. Völlig verkrampft saß sie dann am Bett ihrer Mutter. Scheu schaute sie in ihr Gesicht. Die Gerüche im Krankenzimmer und das Aussehen der Frau, die ihre Mutter war, bereiteten ihr noch mehr Bauchschmerzen.

Nein, das kann unmöglich Mutter sein, grübelte Anna. Die hatte sie anders in Erinnerung: bunt, hektisch und unnahbar. Dieses Häufchen Mensch, blass wie das Bettlaken, mit eingefallenem Gesicht und ungepflegten, verschwitzten Haaren, sah eher aus wie Oma Berthold. Das war nicht ihre Mutter! Verwirrt sah sich Anna um und suchte mit den Augen die Tür. Sie wollte raus aus dem Zimmer. Es gehörte einer Frau, die sie nicht kannte. *Oma Berthold hat mich in das falsche Zimmer geschickt,* dachte Anna panisch.

Sie zuckte erschrocken zusammen, als sie merkte, dass jemand hinter ihr stand. Es war die Krankenschwester, die leise hereingekommen war. Sie fasste Anna mit der einen Hand an der Schulter und strich ihr mit der anderen über den Kopf. Dann sagte sie: »Armes Mädchen.« Dabei machte sie ein mitleidiges Gesicht.

Aber ich bin nicht arm, sondern die Frau, die dort im Bett liegt!, dachte Anna.

Die Krankenschwester verließ das Zimmer wieder. Anna war mit ihrer Mutter alleine. Sie sollte sich in Ruhe von ihr verabschieden. Aber gerade das wollte Anna nicht, es war ihr unheimlich.

Sie erhob sich vorsichtig, um die Frau, die angeblich ihre Mutter war, nicht aufzuwecken. Leise wollte sie sich aus dem Zimmer schleichen. Doch gerade in dem Moment, als sie sich zur Tür umdrehte, wurde Barbara Hellkamp wach. »Anna«, krächzte sie.

Anna blieb wie angewurzelt stehen, wandte sich

wieder zum Bett und schaute auf die ausgezehrte Frau, die wie ein Schatten ihrer selbst darin lag.

»Komm zu mir, mein Kind«, flüsterte ihre Mutter.

Wie in Zeitlupe ging Anna auf sie zu. Vor lauter Angst sträubte sich alles in ihr, als ob sie Böses von dieser Frau erwartete.

Anna musste sich über ihre Mutter beugen, damit sie verstehen konnte, was sie sagte: »Du darfst niemandem verraten, was ich dir jetzt gleich erzählen werde«, nuschelte sie.

Überrascht schaute Anna in das vom Tode gezeichnete Gesicht. Schaudernd sah sie in die weit aufgerissenen Augen. Sie konnte die Panik erkennen, die sich in ihnen widerspiegelte. Ein seltsames Gefühl beschlich sie. Es war nicht die Sorge um ihre Mutter, nein, es war das Unbekannte. Es war der Hauch des Todes, der sich mit diesen unangenehmen Gerüchen bemerkbar machte. Damals war es ihr nicht bewusst, auch nicht, dass die Beichte ihrer Mutter dazu beitragen würde, dass sie später so ein erbärmliches Leben führen musste. Um das zu erkennen, war sie zu jung!

Ein Stöhnen holte Anna aus ihren Gedanken zurück. Sie beugte sich noch näher zu ihrer Mutter herunter, um sie zu verstehen.

»Du warst ungefähr zwei Jahre, Anna. Ich war wieder schwanger – ein Unfall, genau wie bei dir – nicht gewollt. Ich traute mich nicht, abzutreiben, glaubte, der Mann würde mich heiraten. Solange ich die

Schwangerschaft verbergen konnte, arbeitete ich weiter. Später musste ich verschwinden.« Ihre Mutter machte eine Pause. Dann redete sie weiter. »Du warst bei Oma Berthold gut aufgehoben, sodass ich das Kind in Ruhe zur Welt bringen konnte.« Ihr Atem ging rasselnd, und sie japste nach Luft. Während sie für einen Augenblick die Augen schloss, um Kraft zu sammeln, ballte sich in Anna das Entsetzen zusammen. Sie wurde in ein paar Tagen gerade mal acht Jahre alt, deshalb konnte ihr Verstand der Beichte kaum folgen. Das Wort *Abtreibung,* was bedeutet das? Doch ahnte sie, dass es etwas Schreckliches sein musste. Stocksteif saß sie auf dem Stuhl, den Kopf so weit gesenkt, dass ihre Mutter die Tränen nicht sehen konnte, die ihr vor Verzweiflung und Grauen über das Gesicht liefen.

Nach einem tiefen Atemzug flüsterte Barbara Hellkamp: »In einem Motel hockte ich die meiste Zeit herum. Mit ein paar zwielichtigen Gestalten, die in dem vergammelten Ort herumlungerten, füllte ich mir für einige kleine Gefälligkeiten meinen Geldbeutel auf. Es machte ihnen nichts aus, dass ich schwanger war.« Das Gesicht ihrer Mutter lief rot an und färbte sich dann blau. Schluchzend sprang Anna auf, doch ihre Mutter krallte sich mit den Händen an ihrem Kleid fest und zog sie wieder zu sich herunter. Hektisch erzählte Barbara Hellkamp weiter, hatte es sehr eilig damit.

»Dann war es so weit. Eine leichte Geburt. Als ich das Kind in den Händen hielt, wusste ich nicht, was ich machen sollte. Alleine, von aller Welt verlassen, focht ich innerliche Kämpfe aus. Behalten? Aussetzen? Oder … Außer Oma Berthold wusste niemand von meiner Schwangerschaft. Da begann das Kind zu schreien. Panik brach in mir aus …« Barbara Hellkamp ließ Anna los und schwieg eine Weile, atmete schwer.

Anna war wie erstarrt und unfähig, ihren Platz zu verlassen, unfähig, einen Finger zu rühren.

Plötzlich redete ihre Mutter aufgeregt weiter: »Es schrie und schrie – ununterbrochen! Ich begann zu schwitzen, der Schweiß lief mir in Strömen über das Gesicht, den Körper hinunter.« Babara Hellkamp wurde lauter. »*Still – sei still!*, sagte ich immer wieder, obwohl es mich doch nicht verstehen konnte. Plötzlich hörte ich Schritte auf dem Flur, jemand klopfte an die Tür. Panisch suchten meine Augen nach einem Kissen. Ich nahm es und … der Schrei erstarb. Verhältnismäßig ruhig antwortete ich auf die Frage, ob alles in Ordnung sei: *Ja, schon gut. Ich mache den Fernseher leiser!* Als die Schritte verklungen waren, nahm ich das Kissen vom Gesicht des Kindes herunter. Eiskalt wurde mir, als ich den blau angelaufenen Säugling tot vor mir liegen sah.«

Ganz entfernt hörte Anna jetzt ihre Mutter hastig weiterreden, doch ihre Ohren weigerten sich, noch einen einzigen verständlichen Ton an ihr Gehirn weiterzuleiten. Wie eine Marionette ging sie zur Tür. Ein letzter Blick zu der Frau, die sie geboren hatte, dann verließ sie das Zimmer ohne einen Funken Gefühl für ihre sterbende Mutter. Obwohl Anna damals nicht viel begriffen hatte, konnte sie trotz ihres jungen Alters eins verstehen: Ihre Mutter hatte ein Baby umgebracht! Ihre Schwester oder ihren Bruder.

Später schlich sie neben Oma Berthold nach Hause. Dort verkroch sie sich ins Bett und wäre am liebsten für immer darin liegen geblieben. Wenn Anna noch nie viel geredet hatte, so sagte sie jetzt gar nichts mehr. Blass und sehr dünn konnte sie kaum ihren Alltag bewältigen. Sie tat nur das, was sie tun musste.

Seit dem schrecklichen Erlebnis bei ihrer Mutter träumte sie nachts immer wieder denselben Traum. Sie saß in ihrem Zimmer auf dem Fußboden mit dem Gesicht zur Wand und sang ein Kinderlied, das sie in der Schule gelernt hatte. Gut gelaunt drehte sie sich während des Singens um. Plötzlich sah sie ihre Puppen auf dem Fußboden liegen. Jemand hatte ihnen die Arme und Beine ausgerissen und neben den Puppenkörpern abgelegt. Von ihren eigenen angstvollen Schreien wachte sie auf. Völlig verstört hörte sie, wie die alte Berthold zum Gotterbarmen schnarchte. Dadurch bekam Anna nur noch mehr Angst. Sie versuchte dennoch, nach Trost suchend zu ihr ins Bett zu kriechen. Doch die alte Frau fühlte sich gestört. Ärgerlich schmatzte und grunzte sie, als ob sie ein Schnitzel verspeisen würde. Sie gab Anna so unwirsch einen Schubs, dass sie aus dem Bett fiel. Frierend und von aller Welt verlassen saß Anna dann in ihrem eigenen Bett und weinte bittere

Tränen, bis sie vor lauter Erschöpfung eingeschlafen war.

Bevor ihre Mutter starb, war es für sie schon nicht einfach gewesen. Doch danach begann für sie ein unglaubliches Martyrium, wie sie es sich in ihren schlimmsten Träumen nicht hätte ausmalen können. Ein paar Tage nachdem Barbara Hellkamp beerdigt worden war, bekamen Grete Berthold und Anna Besuch vom Jugendamt. Als sie aus der Schule kam, saß plötzlich diese dicke Frau im Wohnzimmer. Das war ungewöhnlich, denn sie hatte nie erlebt, dass Besuch kam. Anna war misstrauisch und durchforschte sofort ihr Gedächtnis. Nein, etwas angestellt hatte sie nicht. Aber was wollte die Frau dann hier?

»Ach, da ist das Fräulein Hellkamp«, sagte die Frau mit einer zuckersüßen Stimme zu Anna. Schwitzend und mit hochrotem Kopf hockte sie eingeklemmt in Grete Bertholds altem, abgeschabtem Sessel.

Anna dachte unwillkürlich: *Oh, da kommt sie nie mehr raus.*

»Was sagst du dazu, dass wir deinen Vater ausfindig gemacht haben, Anna? Du kannst sogar bei ihm wohnen, wenn du willst«, drängte sich die fremde Frau mit ihren Worten in Annas Gedanken.

»Das … das habe ich nicht gewusst«, stotterte Anna überrascht. Was sollte sie auch dazu sagen? Und wieso war ihre Meinung plötzlich so wichtig?

Immer noch freundlich fragte die Frau: »Möchtest

du ihn kennenlernen? Du brauchst nicht sofort darauf zu antworten, du kannst ein paar Tage überlegen«.

»Warum kann ich nicht hier bei Oma Berthold bleiben?«, flüsterte Anna. Doch die Frau vom Jugendamt erklärte ihr, dass das nicht ginge. Die alte Frau nickte dazu. Denn es war genau das, was sie wollte, nämlich dieses Kind endlich loswerden. Knurrend wie ein böser Hund gab sie Laute von sich, um die Aussage der Dicken zu unterstreichen. Die Alte hatte keine Lust mehr, auf das Mädchen aufzupassen, wollte nur noch ihre Ruhe haben.

»Anna, du hast die Wahl. Entweder gehst du ins Heim oder zu deinem Vater«, sagte die Frau kurz und entschieden. Und wieder nickte die alte Grete, dieses Mal sehr erleichtert. Sie sah zwischen der Frau und Anna hin und her.

Für die Dame vom Jugendamt war damit das Gespräch beendet. Sie versuchte nun, aus dem Sessel aufzustehen, doch es schien, als ob er sie nicht hergeben wollte. Gebannt beobachtet Anna den Akt der Befreiung. Plötzlich gab es einen Ruck, und die Dicke war frei. Mit zufriedener Miene verabschiedete sie sich dann.

Grete Berthold versuchte sofort, nachdem die Frau vom Jugendamt fort war, Anna zu überreden, zu ihrem Vater zu ziehen. Doch Anna gab ihr keine Antwort darauf. Sie war ratlos und wusste nicht, was sie machen sollte. Tag und Nacht grübelte sie darüber nach, wie sie sich entscheiden sollte. Von der alten, griesgrämigen

Frau fortzugehen, machte sie nicht traurig, im Gegenteil. Doch ihr würde diese kleine Sicherheit fehlen und das gewohnte Leben. Anna lebte gerne in der Isolation, in die sie hineingeboren worden war. Hier in die Wohnung kam keiner ihrer Mitschüler, um sie zu ärgern oder zu quälen. Hier war sie einigermaßen sicher. Mit Oma Berthold kam sie mittlerweile zurecht, sie wusste ja, wie die alte Frau tickte. Es gab so eine Art Waffenstillstand zwischen ihnen. *Wenn ich ins Heim gehe, ist alles neu, und außerdem ärgern mich bestimmt die fremden Kinder. Und wo soll ich mich dann verstecken? Ich muss mit allen zusammenleben! Gehe ich zu meinem Vater, ist auch alles neu. Aber er ist ein Mann – und Männer sind stark! Er wird mich beschützen, wenn mich meine Mitschüler ärgern. Und ich habe dann auch eine Familie, so wie die Kinder aus der Schule!* Ja, Anna entschied sich, zuerst ihren Vater zu besuchen und dann vielleicht zu ihm zu ziehen. Ihre Zukunft sah sie plötzlich rosarot. Als sie hörte, dass Friedhelm Lunkmeyer auch in Hückeswagen wohnte, und zwar am Johannisstift im Buschweg, war sie überrascht. Er hatte sogar ein eigenes Haus!

Ein paar Tage später machte sich Anna also auf den Weg zu ihrem Vater. Mit dem altbekannten Bauchgrummeln ging sie auf das Haus zu. Hektisch und unsicher zupfte sie die Blätter von den Büschen, die den Weg zum Haus einsäumten. Sie zuckte nervös zusammen, als plötzlich ein Vogel aufflatterte, den sie gestört hatte.

Während ihre Schritte immer langsamer wurden, zerpflückte sie die Blätter in kleine Schnipsel, um sie dann zu verstreuen. Eine Marotte von ihr. Sie machte es immer so, wenn sie nervös war und ein paar Büsche in greifbarer Nähe wuchsen. Dann stand sie vor der Haustür. Vor dem Haus ihres Vaters! Das neue Gefühl, das sie plötzlich spürte, kannte sie nicht. Aber es fühlte sich gut an. Jetzt wünschte sich Anna insgeheim, dass ihre Mitschüler sie so, vor dem Haus ihres Vaters stehend, sehen konnten. Mit Sicherheit wäre sie in der Achtung der Kinder gestiegen.

Anna schaute auf das Schild neben der Tür. Doch bevor sie den Namen Friedhelm Lunkmeyer lesen konnte, öffnete ihr ein gut und sportlich aussehender, gepflegter Mittfünfziger die Haustür.

Lunkmeyer starrte Anna sprachlos an. So ein schönes Kind hatte er nicht erwartet. Das sollte seine Tochter sein? Aufgeregt rückte er seine Brille zurecht. Seine Augen huschten wie ein Scanner über Annas Gestalt. Vom Haar angefangen über den kindlichen Körper bis hinunter zu ihren Füßen. Nervös fuhr er mit der Zungenspitze über seine Lippen, um sie anzufeuchten. Er räusperte sich und verzog den Mund andeutungsweise zu einem Lächeln, das nicht ganz gelang.

Einem danebenstehenden Betrachter wäre die Ähnlichkeit der beiden sofort aufgefallen. Bis auf die Haarfarbe, die bei Friedhelm Lunkmeyer mittlerweile grau war, hatten beide das gleiche schmale Gesicht mit der gleichen Mimik, leicht hochmütig und verschlossen. Dann der schlanke Körperbau und sogar die gleiche Haltung.

Sehr reserviert, aber freundlich bat er Anna herein. Staunend betrat sie das Haus, das ihr wie ein Schloss vorkam, und er, ihr *fremder Vater*, wie ein feudaler Herr. Anna fühlte sich reich und traf ihre Entscheidung schnell.

Sie fand es überirdisch schön, in so einem Haus wohnen zu können. Diese Situation ließ bei ihr sogar wieder etwas Gefühl zu. Sie hatte ein eigenes Zimmer und sogar ein eigenes Bad! Es war 1963 wahrhaftig nicht üblich, dass Kinder ein eigenes Bad hatten. Außerdem legte ihr Lunkmeyer jede Woche ein stolzes Sümmchen Taschengeld auf den Tisch. *Wetten, das bekommt keiner meiner Mitschüler!*, dachte Anna spontan. Gott, war sie stolz! Wenn Lunkmeyer Anna versonnen beobachtete, bemerkte sie es mit einem unguten Gefühl, wenn er dann noch in ihr langes, lockiges Haar fasste und es mit leuchtenden Augen durch seine Hände gleiten ließ, empfand sie Widerwillen. Den begehrlichen Blick, mit dem ihr Vater sie anschaute, wertete Anna damals nur als freundliche Aufmerksamkeit. Sie ahnte nicht, was in dem alternden Mann vorging.

Mittlerweile wohnte Anna schon mehr als drei Monate bei ihrem Vater. Sie blühte auf und wurde ihren Mitschülern gegenüber selbstsicherer. Sie kamen ihr deshalb auch ganz anders entgegen. Sogar die Jungs suchten öfter ihre Nähe und behandelten sie respektvoller als vorher. Jeder ihrer Mitschüler hatte mitbekommen, dass sie bei ihrem Vater eingezogen war, ein eigenes Zimmer mit Bad hatte und vor allen Dingen immer Geld! Das war schon etwas Besonderes. Anna genoss es, sich mit ihren neuen Freunden zu treffen. Doch lange sollte ihr Glück nicht andauern. Das Lernen viel ihr immer noch leicht. Sie hatte sich vorgenommen, ab der vierten Klasse zur Realschule zu gehen. Bestimmt hätten sich dort auch Freundschaften mit den Mitschülern und Mitschülerinnen ergeben können, doch das Schicksal machte Anna wieder einen Strich durch die Rechnung.

Friedhelm Lunkmeyer war aufgeblüht. Seine Fantasie galoppierte regelrecht. Er ließ Anna kaum noch aus den Augen. Wenn er am späten Nachmittag von Wipperfürth nach Hause kam, wuselte er ständig um sie herum. Für Anna war das sehr gewöhnungsbedürftig. Sie nahm sich vor, die unangenehmen Gefühle einfach auszublenden. Das konnte sie perfekt. Denn sie wollte auf keinen Fall ins Heim. Sie genoss es, in so einem tollen Haus zu wohnen und alle Annehmlichkeiten zu nutzen. Zum Beispiel lange und ausgiebig zu duschen. Das war für sie Luxus pur. Doch so einfach, wie sie dachte, entwickelte sich das Zusammenleben mit ihrem Erzeuger nicht.

Lunkmeyer hatte sich angewöhnt, jedes Mal ins Bad zu stürzen, wenn Anna unter der Dusche stand. Erst dachte sie sich nichts dabei. Sie wartete so lange hinter dem Vorhang, bis er den Raum wieder verlassen hatte, und nahm sich vor, beim nächsten Duschen die Tür abzuschließen. Doch plötzlich war der Schlüssel weg; danach zu fragen, war ihr peinlich. Lunkmeyer wollte Anna nackt sehen, koste es, was es wolle. Er änderte seine Strategie. Nun beobachtete er sie so lange durchs Schlüsselloch, bis sie aus der Dusche gestiegen war und sich abtrocknen wollte. Er riss die Tür auf und verschlang sie mit seinen Blicken.

Anna verstand die Welt nicht mehr. Was wollte ihr Vater von ihr? Ihr Kopf sendete zwar ein Alarmzeichen, doch so recht wollte sie nicht schlecht von ihm denken. Er war schließlich ihr Vater! Außerdem hatte sie das Leben auf solche Situationen nicht vorbereitet. Noch stand Lunkmeyer bei ihr hoch im Kurs! Auch, weil er ein Mann war. Sie hatte nicht mit seiner Abartigkeit gerechnet. Immer wieder ließ er sich neue Ausreden einfallen, um seinen Aufenthalt im Badezimmer zu rechtfertigen. Er hatte sich kaum noch im Griff, war wie süchtig, ihren Mädchenkörper zu betrachten. Wenn Anna auch anfangs sein Verhalten zu entschuldigen versuchte, so machte ihr sein lüsterner Blick, Angst.

1966 hatte Anna es geschafft! Endlich durfte sie ihren Traum wahr machen und zur Realschule gehen. Die erste Zeit forderte sie. Doch das war genau ihr Ding. Als die Schule eines Tages Besuch von spanischen Schülern aus Madrid bekam, konnte Anna damit nicht so recht umgehen. Die Aufgeschlossenheit der Kinder und die fremde Sprache machten sie unsicher. Also hielt sie sich mehr im Hintergrund auf. Aber sie war froh, dass ihr der schlechte Ruf ihrer Mutter nicht bis in *diese* Schule gefolgt war. Auch deshalb wollte sie unter keinen Umständen auffallen.

Und dann war da noch ihr Hobby, das Lesen! So bekam sie anfangs nicht mit, dass Lunkmeyer immer mutiger wurde. Er beließ es nicht mehr bei einer Ausrede, wenn er im Bad auftauchte. Atemlos und mit zitternden Händen nahm er ihr behutsam das Handtuch weg. Um Verständnis heischend sagte er dann: »Aber Anna, ich bin doch nur ein alter Mann und außerdem dein Vater! Du brauchst dich doch vor mir nicht zu schämen!«

Für Anna war das nicht die einzige Situation, mit der sie fertig werden musste. Wenn sie zum Beispiel gemütlich lesend in ihrem Zimmer auf dem Bett lag, kam Lunkmeyer ohne anzuklopfen herein und setzte sich neben sie. Zuerst beobachte er sie lange, dann bückte er sich zu ihr herunter, malte mit den Fingern die Konturen ihres Gesichtes nach und fuhr mit dem Zeigefinger über Mund und Nase. Das machte Anna nervös, ja, diese ungewöhnliche Nähe und seine Berührungen waren ihr mehr als zuwider. Ganz von der Störung abgesehen, die sie empfand. Lesen war ihr Lebensinhalt. Und so konnte sie sich auf ihr Buch nicht konzentrieren. Doch wie sollte sie es ihrem Vater sagen? Sie wollte ihn nicht verärgern. Es war zum Verzweifeln. Wie sollte sie nur aus dieser Zwickmühle herauskommen? Sie wollte die Realschule unbedingt mit einem Abschluss beenden und auch das angenehme Leben im Hause ihres Erzeugers nicht verlieren, deshalb ließ sie vorerst alles geschehen und wehrte ihn nur schwach ab. Ach, hätte sie sich doch dagegen entschieden, ihren Erzeuger kennenzulernen. Im Heim wäre es ihr tausendmal besser ergangen.

Eines Tages kam Anna etwas früher aus der Schule nach Hause. Ihrer Klassenlehrerin ging es nicht gut. Da sie einen Haustürschlüssel hatte, brauchte sie nicht zu klingeln. Sie schloss die Haustür auf und ging hinein. Da hörte sie, dass ihr Vater telefonierte. Sie wurde unfreiwillig Zeuge dieses Gesprächs. Als sie den Sinn verstand, erstarrte sie. Anna hatte das Gefühl, dass sich ihr ganzes Blut in den Füßen sammelte. Sie hörte, wie ihr Vater sie, *die eigene Tochter,* seinen Arbeitskollegen und Stammtisch-Kumpeln als Bettgespielin anbot. Sie bekam mit, wie er ihre noch kindlichen Konturen des Körpers in den höchsten Tönen anpries, und mit blühender Fantasie erzählte er, wie er sie beim Duschen beobachtet hatte. Anna wurde schlecht. Wie sie auf ihr Zimmer kam? Sie wusste es nicht.

Lunkmeyer hatte es an ihrem Verhalten gemerkt, dass sie mittlerweile ahnte, was er von ihr wollte. Die freundliche Maske, die ließ er nun fallen. Das, was Anna ab jetzt erlebte, war schlicht und ergreifend die Hölle. Wie hat sie es nur fertiggebracht, in die Schule zu gehen und ihren normalen Tagesablauf zu bewältigen? Wie hatte sie es geschafft, eine gute Schülerin zu bleiben?

Zu Hause las sie in jeder freien Minute und versetzte sich in Gedanken in die Protagonistin, lebte in ihrer Fantasiewelt. Oder sie lernte für die Schule bis zum Umfallen. Nur nicht nachdenken. Sie perfektionierte sich darin. Sonst hätte es ihre Umwelt irgendwann mitbekommen, was ihr im Hause Lunkmeyer passiert.

Fast jedes Wochenende wurde Anna von den alternden Männern missbraucht. Selbst dann, wenn sie sehr verletzt worden war und die Wunden heilen mussten, ließ man sie nicht in Ruhe. Die Kerle dachten sich immer etwas Neues aus, um ihre abartige Lust zu befriedigen. Die sich anbahnenden Freundschaften in der Realschule erstarben durch Annas Unnahbarkeit, die sie wie eine Barriere vor sich herschob. Sich mit den anderen zu treffen, war durch die Vergewaltigungen unmöglich geworden. Hinter ihrem Rücken wurde getuschelt. Anna gehörte nicht dazu und wurde wie früher ausgegrenzt.

Mittlerweile hasste sie ihr Leben und das ganze männliche Geschlecht. Doch was sollte sie tun? Die Spielregeln, wie man sich in der Gesellschaft verhält, wie sie funktioniert und wie man sich notfalls wehren kann, hatte Anna nie gelernt. Deshalb tauchte sie in jeder freien Minute in ihre Fantasiewelt ab oder grübelte nach einem Ausweg. Weglaufen? Doch wohin? Sie hatte mittlerweile alle Möglichkeiten durchdacht, doch sie war zu keinem Ergebnis gekommen. Zu Oma Berthold zurückgehen konnte sie nicht mehr, die alte Vettel war kurz nach ihrem Auszug verstorben. Das Geld, das von Barbaras Anschaffen übrig war, hatte die alte Frau ihr vererbt. Dankbarkeit darüber verspürte Anna nicht. Sie wusste nicht, wie sie aus der Situation herauskommen konnte. Dann fasste sie den Entschluss, durchzuhalten. Sie wollte auf der Realschule bleiben und nach ihrem Abschluss mit siebzehn ausziehen. Das Lernen war ihr zum Lebensinhalt geworden.

Wem konnte sie vertrauen? Ihrer Klassenlehrerin? Den anderen Lehrern? Wie hätte sie die ganze Schmach und Schande denn in Worte kleiden sollen? *Außerdem,* dachte Anna, *die Lehrer glauben meinem Vater eher als mir.*

Eines Tages, Anna konnte es nicht fassen, stand Annegret Gerberlein, ihre Klassenlehrerin, vor der Tür des Hauses Lunkmeyer. Mit gemischten Gefühlen ließ Anna sie herein. *Was will die denn hier? Ob sie herausgefunden hat, wie ich hier leben muss und was die hier mit mir machen? Was soll ich tun, wenn sie mich befreien will? O Gott, was mache ich denn jetzt?*

Ihre Lehrerin hatte schon mitbekommen, dass Anna durch ihren Besuch völlig durcheinander war und sich unnatürlich benahm. Doch sie war selbst unsicher und nervös. Der Besuch hier wäre schon lange fällig gewesen, aber Annegret Gerberlein hatte ihn immer wieder verschoben, obwohl sie merkte, dass mit Anna etwas nicht stimmte. Ihr flößte Lunkmeyer Angst ein, er war ihr unheimlich! Wie ein verängstigtes Vögelchen saß sie auf dem Stuhl, den Anna ihr anbot. Sie hielt die Arme ineinander verschränkt und kroch in sich zusammen. *Wie bei meiner Verurteilung*, dachte sie.

Anna stand da und starrte ihre Lehrerin an. Dabei rasten tausend Gedanken durch ihren Kopf. Sie versuchte, in deren Gesicht abzulesen, weshalb sie hier war. Doch ihre Lehrerin saß wie das schlechte Gewissen persönlich vor ihr und schwieg. Was sollte sie davon halten?

Als plötzlich Friedhelm Lunkmeyer auftauchte, zuckte Anna zusammen. Als er sich neben sie stellte, trat sie einen Schritt zur Seite. Zögernd stand Annegret Gerberlein auf. Lunkmeyer wollte nun demonstrativ seinen Arm um Anna legen, doch sie tauchte darunter ab und huschte davon. An der Kellertreppe verbarg sich Anna, um zu lauschen. Sie wollte wissen, was ihre Lehrerin und ihr Vater zu besprechen hatten.

»Nehmen Sie doch wieder Platz, Frau Gerberlein«, sagte Lunkmeyer leicht gereizt. Er konnte es auf den Tod nicht leiden, wenn er Besuch bekam – unangemeldet schon gar nicht! »Was kann ich für Sie tun?«

Die Lehrerin wagte nicht, sich wieder zu setzen. Sie blieb unterwürfig und krumm vor Lunkmeyer stehen. Leise und verschämt grüßte sie erst und stellte dann stotternd ihre Fragen.

»Herr Lunkmeyer, ich wollte Sie, hm … wegen Anna etwas fragen. Ich meine … ähm, wissen Sie, was mit ihr los ist? Sie ist so … hm … ich meine, sie ist so seltsam. Also irgendwie so anders als die anderen Kinder. Können Sie sich einen Reim darauf machen, was mit ihr sein könnte? Wissen Sie, sie sieht … sie sieht auch so schlecht aus!« Erleichtert, die Prozedur hinter sich gebracht zu haben, musste Annegret Gerberlein erst einmal Luft holen. Vor sich hinstarrend wartete sie gespannt auf eine Reaktion ihres Gegenübers. Sie traute sich nicht, Lunkmeyer in die Augen zu schauen. Ärgerlich über sich selbst dachte sie: *Eigentlich bin ich eine gestandene Frau und kann mich recht gut durchsetzen, aber dieser Kerl macht mir Angst!*

Lunkmeyer hatte ihre Unsicherheit längst bemerkt. Er beäugte die junge Frau hochmütig und kalt und ließ sich mit einer Antwort Zeit. Die Lehrerin seiner Tochter so unterwürfig vor sich stehen zu sehen – das, gefiel ihm. Er genoss es regelrecht.

Anna hatte sich mittlerweile wieder bis zum Schlüsselloch vorgepirscht. Als sie hindurchschaute, sah sie die beiden nur von der Seite. Ihr Vater stand mit unbeweglichem Gesicht wie ein Feldwebel vor ihrer Lehrerin. Autoritär und unnahbar, bald so, als ob er sie bestrafen wollte. Annegret Gerberlein dagegen machte sich vor ihm klein. Wie ein verschüchterter Bittsteller trat sie von einem Bein auf das andere.

Plötzlich sagte Lunkmeyer sehr laut und autoritär: »Nein, Sie irren sich, Frau Gerberlein. Anna geht es gut. Dass sie manchmal schlecht aussieht, liegt sicher an der

Pubertät.« Höhnisch und süffisant fuhr er fort: »Aber das müssen Sie als ihre Lehrerin doch wissen! Und nun betrachte ich das Gespräch als beendet. Weitere Einmischungen in unser Privatleben verbitte ich mir, Frau Gerberlein. Ich hoffe, wir haben uns verstanden. Anna hat alles, was sie braucht und will, davon konnten Sie sich überzeugen. Und nun wünsche ich Ihnen einen guten Tag. Auf Wiedersehen.«

Während Anna schnell aus dem Flur huschte und in ihr Zimmer hinein, dachte sie: *Wie sollte sich Frau Gerberlein in den paar Minuten davon überzeugen, dass es mir gut geht?*

Die Lehrerin verließ das Haus ohne ein weiteres Wort. Was sollte sie auch noch dazu sagen?

Anna stellte sich in ihrem Zimmer ans Fenster. Sie sah, dass Annegret Gerberlein unsicher und steif wie ein geprügelter Hund davon stöckelte, ohne sich noch einmal umzuschauen.

Nach dem Besuch ihrer Lehrerin hatte Anna eine Zeit lang Ruhe vor den alten Männern. Lunkmeyer und seine Kumpel wollten erst ein bisschen Gras über die Sache wachsen lassen. Man rechnete damit, dass jemand vom Jugendamt kam, um nach Anna zu schauen. Doch es ließ sich niemand blicken. In Friedhelm Lunkmeyer hatte das Amt das absolute Vertrauen gesetzt. Als dessen Kumpel das erste Mal wieder anrückten, floh Anna in den Keller und verriegelte die Tür hinter sich. Erst saß sie eine Zeit lang auf einem alten Stuhl und starrte vor sich hin. Dann nahm sie ihre Umwelt wahr. Unter einem Berg von Sperrmüll guckte ein Bett hervor, dann entdeckte sie eine Babydecke und eine alte Strampelhose. Anna begann zu wühlen und zerrte den Müll vom Bett herunter. In dem Nachttischchen, das neben dem Bett stand, befanden sich ein Kamm, eine Haarspange und Haargummi. *Seltsam*, dachte sie. *Das sieht bald so aus, als ob hier eine Frau und ein Baby gewohnt haben.*

Danach fragen konnte sie niemanden. Der Einzige, der es hätte wissen müssen, war Lunkmeyer. Sie stöberte weiter, nahm sich den nächsten Raum vor. In einer alten Truhe weckte eine Schachtel, zugewebt von Spinnweben, ihre Neugier. Anna entdeckte eine Pistole darin mit einem komischen Rohr vorn am Lauf und Munition. Erstaunt starrte sie auf ihren Fund, worauf *Walther PPK* geschrieben stand. Gehetzt schaute sie sich um, obwohl sie alleine war. Die Pistole wollte sie auf jeden Fall behalten. Ihre Fantasie machte einen Sprung. Was wäre, wenn Lunkmeyer noch schlimmere Sachen mit ihr vorhatte? Vielleicht schleppte er irgendwann noch ein paar fremde Kerle an. Nein, die Pistole wollte sie für einen Notfall behalten. Ihr würde schon ein geeignetes Versteck einfallen. Außerdem sah es so aus, als ob Lunkmeyer dieses gefährliche Stück lange nicht in seinen Händen gehabt hatte, denn unter so viel abgelegtem Müll und voller Spinnweben lag die Pistole schon länger hier.

1971, ein Jahr vor Annas Schulentlassung, hörten die grausamen Quälereien der alternden Männer plötzlich auf. Sie trauten sich nicht mehr. Anna war mittlerweile sechzehn Jahre alt, hatte eine sportlich-kräftige Statur und wehrte sich öfter. Das hätte gefährlich werden können. Also zog »Mann« sich zurück und tat so, als ob nie etwas gewesen sei. Für die Mistkerle war es einfach. Sie ließen sich im Hause Lunkmeyer nicht mehr sehen, und Annas Erzeuger ging ihr aus dem Weg. Trafen sie doch zusammen, legte er eine scheinheilige Freundlichkeit an den Tag. Doch Anna fand das alles zum Kotzen. Sie begegnete ihrem Vater mit all ihrer Verachtung! Der Hass auf ihn gab ihr etwas Halt und Selbstsicherheit.

Ein Jahr später wurde sie aus der Realschule entlassen! Anna war überglücklich. »Euch will ich nie mehr wiedersehen!«, rief sie ihren Mitschülern zum Abschied zynisch hinterher.

Jetzt dauert es nicht mehr lange, bis ich mein erstes selbst verdientes Geld in den Händen halte, dachte sie. Sie war nach langer Zeit wieder glücklich. Jetzt konnte sie auch wieder ihre Lieblingslieder singen, aber nur sehr leise. Der mittlerweile zweiundsechzigjährige Lunkmeyer brauchte nicht zu wissen, dass es ihr gut ging. Wer wusste schon, was er sich sonst so einfallen lassen würde.

Für Anna stand schon immer fest, dass sie einen Beruf wählen würde, der irgendetwas mit Büchern zu tun hatte. Etwas anderes wollte sie sich nicht einreden lassen. Und ihr Erzeuger mischte sich auch nicht ein. Er ließ sie frei wählen. Schon vor der Schulentlassung hatte sie die Zeitung studiert, um etwas Geeignetes zu finden. Die Bibliothek in der Friedrichstraße suchte eine junge Frau, die eine Lehre als Bibliothekarin machen wollte. *Das ist genau das, was ich will,* dachte Anna. Sie stellte sich in der Bibliothek vor und wurde prompt angenommen. Bis sie die Lehre antreten konnte, wollte sie noch bei Lunkmeyer wohnen.

An einem Samstag entdeckte Anna eine Anzeige in der Zeitung. Eine junge Frau suchte eine Mitbewohnerin. Die Wohnung befand sich in der Bahnhofstraße 5 im dritten Stock. Heimlich verabredete sich Anna mit ihr. Gut gelaunt kam sie zu der angegebenen Adresse. Doch als sie vor dem Haus stand, verließ sie der Mut. Sie traute sich nicht, zu klingeln. Unschlüssig und schüchtern blieb sie eine Zeit lang vor der Haustüre stehen. Mit vor Aufregung feuchten Händen drückte sie dann auf die Klingel. Als es aus der Gegensprechanlage »Ja bitte?« plärrte, bekam sie einen Hitzeschub und musste sich erst räuspern, um sprechen zu können. Als der Türöffner summte und Anna die Treppe hinaufstieg, zitterten ihre Beine. Schuld an der Aufregung waren die vielen schlechten Erfahrungen, die sie mit ihren Mitmenschen gemacht hatte.

Bevor sie im dritten Stock vor den letzten Stufen der Treppe ankam, wurde Anna immer langsamer. Dann stand sie vor der Korridortür und starrte auf das Schild

Petra Gärtner. Die Tür öffnete sich, und eine sympathische junge Frau stand ihr gegenüber. Misstrauisch betrachtete Anna das strahlende Gesicht, das ihr entgegenblickte. Diese positive Ausstrahlung verfehlte ihre Wirkung nicht. Angenehm überrascht dachte Anna: *Wie schön!*

Beide mochten sich auf Anhieb. Lachend und scherzend bat Petra sie herein. Die Lebenslust, die sie verbreitete, tat Anna gut. Und Annas stilles Auftreten gefiel Petra. Auch äußerlich passten die beiden gut zusammen. Die eine klein, pummelig, mit wuscheligen, blonden Haaren. Die andere groß, schlank und mit langen, schwarzen Locken. Die beiden Frauen ergänzten sich unglaublich. Anna fühlte sich wohl.

»Wenn ich mir vorstelle, mit dir hier zu wohnen«, sagte sie forsch, »ist es, als ob ich im Himmel angekommen wäre.« Anna staunte über sich selbst. Noch nie hatte sie spontan einem anderen Menschen so schnell Vertrauen geschenkt. Sie nahm es als Glücksfall hin.

Der ersehnte Absprung war endlich da. Doch Lunkmeyer wollte Anna nicht gehen lassen. Immerhin war sie gerade mal siebzehn Jahre alt geworden und somit noch nicht volljährig. Ihr Erzeuger konnte über sie bestimmen. Doch Anna war egal, was er wollte oder nicht. Selbstsicher bestimmte sie jetzt, wann der Augenblick da war, zu gehen, um aus diesem Haus und von diesem Monster wegzukommen.

Peti, wie Anna ihre Mitbewohnerin nannte,

organisierte ein paar gebrauchte Möbel, und Anna brachte nach und nach Geschirr, Besteck und ein paar Töpfe aus Lunkmeyers Haus mit. *Wenn der davon Wind bekommt, dass ich seine Sachen mitnehme, und deshalb einen Aufstand macht, werde ich ihn damit erpressen, zum Jugendamt zu gehen und erzählen, was er mit mir gemacht hat,* dachte Anna.

Aber er merkte es nicht oder wollte es nicht merken. Und viel war es eh nicht. Doch für den Anfang reichte es den beiden jungen Frauen. Sie waren mit dem Nötigsten zufrieden.

»Ah, der letzte Koffer mit meinen Sachen«, stöhnte Anna. Sie wischte sich den Schweiß von der Stirn. Doch als sie gerade die Haustür hinter sich zu ziehen wollte, tauchte Friedhelm Lunkmeyer auf und hielt diese fest.

»Du bleibst hier!«, herrschte er Anna an. Er drohte ihr, dass Jugendamt einzuschalten. Mit verachtungsvoller Miene und völlig ohne Angst sah Anna ihn an. Plötzlich musste sie lachen. Es brach aus ihr mit Gewalt heraus. Sie lachte und lachte und konnte gar nicht mehr aufhören. Ihr liefen dabei die Tränen aus den Augen. Es war, als ob ein Damm gebrochen wäre, eine Erlösung. Es schwemmte Angst, Enge und Pein in Sekundenschnelle aus ihr heraus und machte einer Freiheit Platz, wie sie es noch nie erlebt hatte. Lunkmeyer starrte sie fassungslos an.

Als Anna endlich Luft zum Sprechen hatte, sagte sie:

»Wenn du mich nicht gehen lässt, werde ich deinen ehemaligen Leuten von der Kreissparkasse Wipperfürth, deinen Nachbarn und allen anderen davon erzählen, was du und deine Kumpel mit mir gemacht habt, ihr Schweine!«

»Wer würde dir schon glauben«, zischte Friedhelm Lunkmeyer verächtlich mit blitzenden Augen und knirschte mit den Zähnen. Er verbarg dahinter seine Angst, dass Anna ihre Drohung wahr machen könnte.

Mit einem triumphierend verächtlichen Blick auf ihren Erzeuger, dem der Schweiß auf der Stirn stand, verschwand Anna mit ihrem Koffer, in dem *seine* Pistole lag. Spontan wollte Lunkmeyer sie zurückholen, doch er rührte sich nicht von der Stelle. Es machte sich panische Angst in dem alten Mann breit, als er daran dachte, dass sein schreckliches Geheimnis herauskommen könnte. Diese Blamage würde er nicht überleben. Obwohl er aus gesundheitlichen Gründen schon Pensionär war, durfte es trotzdem niemand wissen. Und so erkaufte sich Lunkmeyer ihr Schweigen, in dem er ihr jeden Monat nicht nur die Miete, sondern außerdem ein hübsches Sümmchen Geld überwies. Anna nahm es an, ohne ein schlechtes Gewissen zu haben. Jetzt war sie mit gerade siebzehn Jahren ihr eigener Herr. Sie atmete auf. Und dass sie sich mit Peti so gut verstand, nahm sie als Bonus hin. Sie dachte: *Das Leben schuldet mir noch viel mehr!* Anna wohnte nun schon ein halbes Jahr mit Peti zusammen.

Plötzlich holten sie die Albträume wieder ein. Sie träumte ab und zu von den grässlichen Vergewaltigungen. Peti weckte sie dann in der Nacht auf, um sie von diesen Quälereien zu erlösen. Je öfter sie von ihrer dunklen Vergangenheit träumte, je mehr Eifer entwickelte sie zu lernen. Sie perfektionierte sich darin genauso, wie sie es früher immer dann gemacht hatte, wenn sie etwas Schlechtes verdrängen musste.

Die Lehrzeit, abgesehen von den Albträumen, waren für sie drei glückliche Jahre, in denen sie den Gedanken an das Leben bei Lunkmeyer am Tag verdrängen konnte. Ja, sie dachte an ihn nicht mehr. Als bester Lehrling bestand Anna die Prüfung und durfte bleiben, um in der Bibliothek zu arbeiten. Marietta Derlag, die immer gut gelaunte Ulrike Börn und die laute Brigitta Mehring arbeiteten mit ihr zusammen. Das Arbeitsklima war eher normal. Es herrschte zwar kein inniges Verhältnis zwischen ihnen, aber Anna konnte damit gut leben. Sie distanzierte sich so gut es ging und demonstrierte dadurch sehr auffällig, dass sie privat mit den Frauen nichts zu tun haben wollte. Anna machte ihre Arbeit, doch darüber hinaus war sie zu keinem Zugeständnis bereit. Ihre Mitarbeiterinnen hatten sich an ihre seltsame Art gewöhnt.

Dann kam eine Zeit, in der Anna besonders glücklich war. Im Frühling 1980, sie war gerade fünfundzwanzig geworden, lernte sie Florian Schaffner kennen, der plötzlich in der Bibliothek stand.

»Anna, kannst du bitte den Herrn hier wegen eines Elektro-Fachbuches beraten?«, rief Marietta.» Ich bin gerade in einem Kundengespräch.«

Anna saß in ihrem Büro über einer kniffeligen Arbeit. Über die Störung verärgert, kam sie angerauscht und ging auf Florian Schaffner zu. Ihre Augen trafen mit Florians zusammen. Für einen Moment blieb ihre Welt stehen. Die Liebe traf sie wie ein Blitz! Das neue Gefühl, das sich ihrer bemächtigte, machte sie atemlos. Es war gigantisch. Ein schneller Seitenblick auf ihre Kolleginnen zeigte ihr, dass keiner den Zwischenfall bemerkt hatte. Wahnsinn! Ohne großes Brimborium hatte sich Anna sofort in Florian Schaffner verliebt – in einen Mann!

In der kurzen Zeit ihrer ersten Blicke hatte sie seine Erscheinung voll aufgesogen. Von den welligen, blonden Haaren angefangen über seine muskulöse Statur, seine blitzend blauen Augen, die etwas zu große Nase und seinen sinnlichen Mund. Später konnte sie sich nicht mehr erinnern, ob sie Flori wegen des Fachbuchs noch beraten hatte oder nicht. Ihr Kopf und ihre Gedanken waren von diesem Mann wie benebelt gewesen. Anfangs konnte Anna das fremde Gefühl nicht einordnen. Für sie fühlte es sich an, als ob sie krank werden würde. Als sie dahinterkam, was es war, versuchte sie erst einmal, das Gefühl zu unterdrücken. Ja, sie war sogar ärgerlich auf sich. Denn Flori war immerhin ein Mann! Es gelang ihr aber nicht, ihn aus ihren Gedanken zu vertreiben. Wenn Flori in die Bibliothek kam und sie um Rat fragte, spielte sie erst einmal die Unnahbare. Außerdem hätte Anna nie geglaubt, dass sich so ein schöner Mann für sie interessieren könnte. Doch Florian war eisern. Er warb um sie. Immer wieder tauchte er auf. Sehr diskret, sodass niemand etwas merkte. Er ließ ihr Zeit. Doch beharrlich und beständig versuchte er, einen guten Eindruck auf sie zu machen. Mit der Zeit wartete sie schon auf ihn und war ganz versessen darauf, mit ihm über seine Fachbücher zu diskutieren. Sie wollte ihn so lange wie möglich in ihrer Nähe haben. Annas innere Ruhe war dahin. Sogar die Zeitung, die sie jeden Morgen ausgiebig las, interessierte sie nicht mehr so sehr.

Der Frühling ging in einen superschönen Sommer über. Florian Schaffner brachte seine ausgeliehenen Bücher zurück, dabei flüsterte er Anna zu: »Heute Abend möchte ich mit dir zur Bever-Talsperre fahren und dort mit dir spazieren gehen!«

Im ersten Moment war sie versucht, abzusagen, doch dann flüsterte sie zurück: »Komm um halb sieben zum Parkplatz an der Hirsch-Apotheke. Ich warte dort auf dich.«

Wow, es war himmlisch. Dass Anna solch ein Glück empfinden konnte ... unglaublich. Ihr ganzer Körper glühte vor Aufregung. Ja, sie war im siebten Himmel. Sie konnte sogar lachen! Die dunkle Vergangenheit wurde von den schönen Gefühlen verdrängt.

Als Anna am Abend aus der Bibliothek trat, rief sie den anderen zu: »Einen schönen Feierabend wünsche ich noch!« Die darauffolgenden erstaunten Blicke ihrer Kolleginnen bekam sie nicht mehr mit. Solche Äußerungen waren die von ihr nicht gewöhnt.

Vor lauter Glück kam Anna nicht schnell genug zu ihrer Verabredung. Doch plötzlich und wie aus heiterem Himmel plagten sie Zweifel. Sie verlangsamte ihre Schritte und überlegte: *Soll ich nicht lieber nach Hause gehen? Ob er an der Apotheke überhaupt auf mich wartet?* Als sie mit flatternden Nerven am Parkplatz ankam, stand Flori schon da. Instinktiv sah sich Anna um und huschte dann schnell zu ihm ins Auto. Sie wollte unter keinen Umständen mit ihm gesehen werden. Warum ihr das so wichtig war, wusste sie nicht.

Auf dem Weg zur Talsperre schwiegen beide. Flori sah immer wieder zu Anna hin und strahlte sie an. Und Anna genoss das Gefühl, gemocht zu werden.

Florian Schaffner hatte an der Bever-Talsperre einen besonders schönen und abseitsgelegenen Wanderweg ausgesucht. Gemeinsam schlenderten sie in der Abendsonne durch die Natur. Als Flori Anna bei der Hand nahm, spürte sie in dem Moment den warmen Wind des Sommers, der sie zart umspielte. Er wehte von der Straße den Geruch von Teer herüber, so wie er nur in warmen Sommern riecht. Von der nahen Weide und der Wiese sog Anna den Duft von Heu und blühenden Blumen in sich hinein. Das alles löste einen Cocktail wahrer Lebensfreude in ihr aus. Plötzlich erinnerte sie sich an ihre Kindheit. Nein, nicht die schlechte. Die lauerte, zusammen mit der dunklen Vergangenheit, verborgen unter einer dünnen Decke, um im geeigneten Moment zuschlagen zu können. Die schönen Erinnerungen an die ersten vier Jahre der Sommer-Schulzeit konnten sich für einen kurzen Moment an die Oberfläche kämpfen. Glücklich dachte Anna daran, wie sie den Schulhof für sich entdeckt hatte mit all den Bäumen, Büschen und kleinen Krabbeltieren. Der Geruch nach Sommer hatte sie daran erinnert. Er verdrängte sogar die Quälereien, die sie durch ihre Mitschüler erfahren hatte. Mit Flori begann für Anna eine Lebensqualität, die sie nie für möglich gehalten hatte und die doch nur kurz dauern sollte.

Als Flori Anna das erste Mal küsste, lüftete die böse Vergangenheit ganz kurz die dünne Decke des Vergessens und entließ einen winzig kleinen Wermutstropfen, der ihr ein eigenartig mulmiges Gefühl im Bauch bereitete. Florian Schaffner merkte, dass Anna sehr zurückhaltend war. Da er sie aber mit jeder Faser seines Herzens liebte, wollte er sie auf keinen Fall durch plumpe Annäherungsversuche verlieren. Deshalb ließ er ihr Zeit. Er konnte sich an ihr nicht sattsehen. Flori war entzückt, wenn die Sonne einen goldenen Schimmer auf ihre schwarzen Haare zauberte. Er schaute auf das faszinierende Schauspiel, wenn sich eine Locke aus ihrer Frisur löste und trotzig in die Stirn fiel. Er liebte ihr leicht hochmütiges, schmales Gesicht und bekam einen leichten Schauer, wenn er in ihre großen braunen Augen sah. Er liebte ihren vollen sinnlichen Mund, ihre schlanke, gerade Gestalt und wie sie sich bewegte.

Als sich der Sommer dem Ende zu neigte und es öfter regnete, lud Flori Anna in sein Haus ein, das in einer Feriensiedlung an der Bever-Talsperre stand. Er nahm sich vor, mit ihr eine Zukunft zu planen. Doch wenn er sie darauf ansprach, ihn zu besuchen, hatte sie immer etwas zu tun oder eine Ausrede, um seine Einladung abzusagen. Das war schon auffällig! Da Florian nichts von Annas Vergangenheit und ihren Ängsten wusste, grübelte er darüber nach, woran es liegen könnte. Die schlimmste Vermutung, die er hatte, war, dass sie ihn eventuell nicht richtig lieben würde.

Auch Anna kämpfte mit ihren Gefühlen. So sehr sie seine Nähe genoss, ihr war klar, dass sie in seinem Haus alleine sein würden. Wenn sie sich gewisse Situationen ausmalte, erschauerte sie vor Angst. Sie wusste nicht, wie ihr Körper reagieren würde, wenn Flori mit ihr schlafen wollte. Dann überlegte sie, ihn mit in ihre Wohnung zu nehmen, um die Oberhand zu behalten. *Nein, das wird nicht gehen,* dachte sie. *Ich wohne nicht alleine. Peti ist zwar wieder einmal verliebt und jeden Abend unterwegs. Doch der dumme Zufall könnte eintreten und sie kommt nach Hause, wenn Flori noch da ist. Ach je! Und außerdem soll sie ihn nicht kennenlernen. Er gehört mir ganz alleine. Das fehlte noch, dass die beiden sich ineinander verlieben!*

Ja, Peti war eben anders. Sie nahm alles leicht und war von einer unglaublichen Fröhlichkeit. Wie konnte sie Anna nur ertragen mit ihrer grüblerischen, scheuen und stillen Art? Wie oft hatte Peti versucht, Anna zu überreden, mit auf Partys zu gehen oder in die Diskothek. Anna ging zwar regelmäßig zur Arbeit in die Bibliothek, aber sonst verließ sie das Haus nur, um einzukaufen. »Mein Gott, Anna«, sagte Peti dann. »Wir sind jung. Du musst mal raus aus dem Trott!« Wenn sie gewusst hätte, dass Anna einen Freund hatte, wäre es mit ihr nicht zum Aushalten gewesen. Sie hätte ihr keine Ruhe gelassen und sich in alles Mögliche eingemischt!

Annas Gedanken kehrten zu Flori zurück. Ihr war klar, er wollte mit ihr alleine sein und dann auch mit ihr schlafen. Der Gedanke daran erinnerte sie an schlechte Gefühle. Sie hinterließen Übelkeit in ihrem Magen. Deshalb sagte sie jede Verabredung im letzten Moment ab.

Da Florians Küsse mit der Zeit fordernder wurden, ging Anna mehr auf Abstand. Doch Flori ließ ihr keine Ruhe. »Ich liebe dich, Anna. Am liebsten würde ich dich nie mehr loslassen«, gestand er ihr. »Ich möchte dich nicht nur küssen. Ich möchte dich mit Haut und Haaren«, witzelte er.

Wenn es um Floris Einladungen ging, hatte sich Anna zum wahren Erfindungskünstler entwickelt. Sie brauchte nur an den körperlichen Akt der Liebe denken, sofort geriet sie in Panik. Ihr brach der Schweiß aus, Ekel überfiel sie. Anna war sich dessen bewusst. Die Schuld an diesen Emotionen suchte sie im Hause Lunkmeyer. *Die Zeit der angenehmen Gefühle und der Lebensfreude ist vorbei,* dachte sie traurig. Anna zermarterte sich ihr Gehirn, um einen Weg zu finden, mit Flori zusammen sein zu können, ohne mit ihm zu schlafen. Doch wie sollte das gehen?

»Kann das Zusammensein oder sogar das Zusammenleben für beide zufriedenstellend sein ohne körperliche Liebe? Nein, ein Mann wird sich darauf nie einlassen«, flüsterte sie verzweifelt. Sie musste einsehen, dass es einfach unmöglich war. Anna liebte Florian. Wenn sie ihn behalten wollte, musste sie das tun, wozu man sie als Kind auf erbärmliche Art und Weise gezwungen hatte. *Aber wenn ich freiwillig mit Flori schlafe? Vielleicht ist es dann nicht so schlimm …* Sie musste es ausprobieren und ihrer Liebe eine Chance geben.

Anna nahm Floris Einladung endlich an. Sie wollte den körperlichen Akt der Liebe über sich ergehen lassen, wenn er es unbedingt wollte. Mit der Ausrede, dass es ihr nicht gut gehe, wollte sie danach auf dem schnellsten Weg wieder verschwinden. »Anna, du schaffst das«, redete sie sich ein. »Schließlich liebst du Flori! Er hat nichts mit den geilen, alten Säcken zu tun, die dich damals so gequält haben.«

Der Tag kam schneller, als ihr lieb war. An einem

Freitagabend war Anna nun auf dem Weg zur Bever-Talsperre. Sie fühlte sich überhaupt nicht gut. Laut sagte sie vor sich her: »Ich kann zu jeder Zeit *Nein* sagen. Ich *muss* nicht, wenn ich nicht will! Dieses Mal werde ich *nicht* dazu gezwungen!«

Es half alles nichts, die Gedanken rasten durch ihren Kopf. Ihre Nerven waren bis zum Äußersten gespannt. Immer noch suchte sie nach einer anderen Lösung. Als sie in die Bevertalstraße einbog, übersah sie ein Auto, und um ein Haar hätte sie einen Unfall verursacht.

Ruhig ... ruhig!, dachte sie immer wieder. Doch die Aufregung blieb, und schwitzend kam sie auf den Parkplatz vor der Ferienanlage an. Nachdem sie den Motor abgestellt hatte, blieb sie noch einen Augenblick sitzen, um sich eine Verschnaufpause zu gönnen. Ein Mann mit seinem Hund kam auf ihr Auto zu. Schnell machte Anna die Sonnenblende herunter, damit er sie nicht sehen konnte. Er ging vorbei. *Seltsam,* dachte Anna. *Warum reagiere ich so verkrampft? Der kann nicht wissen, dass ich Flori besuche.*

Aber ihr Unterbewusstsein wollte nicht, dass sie mit einem Mann in Verbindung gebracht werden könnte, denn diese Erfahrung signalisierte Schmerz, und der hatte sich in ihr Gehirn eingebrannt.

Anna stieg aus. Während sie den Weg zu Floris Häuschen hinauf ging, beobachtete sie unbewusst die Umgebung. Keine Menschenseele begegnete ihr. Von der schönen Natur bekam sie nichts mit. Kurz bevor sie auf Floris Haus zuging, blieb sie noch einmal stehen. Sie checkte wieder die Gegend ab. Die Talsperre blinzelte zwischen den Bäumen zu ihr herüber. Idylle pur. Doch Anna starrte nur auf die Haustür, als ob jeden Augenblick ein Ungeheuer herauskommen könnte. Sie holte noch einmal tief Luft, doch bevor sie auf die Klingel drücken konnte, riss Flori schon die Tür auf. Er musste sie gesehen haben. Vor lauter Glück wusste er nicht, wie er sich drehen und wenden sollte. Er umtanzte sie, dass es schon fast lächerlich war. Als er Anna in die Arme nahm, unterdrückte sie den Impuls, ihn zurückzustoßen. Nichts davon ahnend führte er sie zu einem Stuhl, als ob sie nicht alleine gehen könne. Dabei musste er sie dauernd berühren. Von Annas hölzerner Bewegung bekam Flori nichts mit. Er redete ununterbrochen auf sie ein. An Anna rauschte alles vorbei. Sie verstand kaum, was er sagte.

»Bleib sitzen, mein Schatz«, flüsterte er in ihr Ohr, obwohl sie sich gar nicht bewegte. Er wuselte in die Küche und wieder zurück. Holte Gläser, um mit ihr anzustoßen. Wieder verschwand er in irgendeinem Raum und kam zurück.

Mit gehetztem Blick schaute sie in Richtung Küche und sah Lebensmittel auf dem Tisch stehen. Sie erkannte, dass er mit ihrem Bleiben über Nacht rechnete. Jetzt wurde ihr erst richtig bewusst, was auf sie zukam. In dem Moment kroch Kälte in ihr hoch. Ihr Mund war plötzlich staubtrocken, ihre Zunge pelzig, und die zäh gewordene Spucke ließ sich nur schwer hinunterwürgen. Auch mit dem schön eingerichteten Häuschen konnte sich Anna nicht ablenken. Den Druck, den Flori mit seinen Prophezeiungen auf intime Nähe in ihr ausgelöst hatte, stieg ihr bis in den Hals, bis zum Erbrechen.

Ich muss mich beschäftigen, sonst platze ich, konnte sie nur noch panisch denken. Um ihre Nerven unter Kontrolle zu bringen, sagte sie mit belegter Stimme: »Ich helfe dir und mache schon mal den Salat.«

Flori strahlte, er war einfach nur glücklich, als Anna in die Küche ging. Er alberte ausgelassen herum, lobte ihre Fingerfertigkeit, die Zutaten für den Salat mit so einem großen Messer zu schneiden. Dann sagte er verschmitzt zu ihr: »Du bleibst doch, mein Schatz? Heute ist Freitag, und am Montag kannst du von hier aus zur Arbeit fahren. Es ist ja nicht weit!«

Anna kicherte. Um ihn abzulenken, verlangte sie nach den Gewürzen. Flori nahm das Gewünschte aus dem Schrank, stellte alles auf den Küchentisch und ging ins Wohnzimmer, aber nicht ohne Anna noch einmal zu berühren. Als sie ihm mit dem Salat folgte, sah sie, dass er Rotwein eingeschenkt hatte.

»Komm, mein Schatz, wir machen uns den Abend so richtig gemütlich«, sagte er froh gelaunt.

Annas Vergangenheit hatte sich immer weiter und weiter unter der Decke des Vergessens hervorgearbeitet. Sie war misstrauisch, und als Flori sie mit leuchtenden Augen liebevoll ansah, flüsterte ihr Unterbewusstsein:

»Siehst du nicht, wie lüstern sein Blick ist? Denke an die Schmerzen, die dich erwarten. Denke an das Abartige, was Männer mit dir tun! Männer sind nun mal so, sie sind grottenschlecht!«

Florian nahm ihr den Salat ab und stellte ihn auf den Tisch. Dann versuchte er, sie zu küssen. Ihre Augen suchten fieberhaft nach einem Ausweg. Schnell ließ sich Anna auf die Eckbank plumpsen. Doch das war keine gute Idee, wie sie feststellte. Denn Flori war sofort an ihrer Seite. Er nahm das als zärtliche Zustimmung auf. Doch in Anna zog sich alles zusammen. Total verkrampft hockte sie da, nahm hektisch das Glas mit Wein und stürzte ihn in einem Zug hinunter. Sie wollte ihre schlechten Gedanken betäuben, um es leichter zu haben.

Florian rutschte noch näher an sie heran. »Du bist so süß mit deinen großen Augen, mein Schatz«, machte er ihr ein Kompliment. Dabei war es die Panik, die ihre Augen größer erscheinen ließ. Als er mit seiner Hand nach Annas Brust fasste und ihre Hand nahm, um sie auf sein bestes Stück zu legen, zuckte sie zurück, als ob sie glühendes Eisen angefasst hätte. Anna fühlte sich wie ein gefangenes Tier. Flori bekam nicht mit, dass sie verzweifelt nach einem Ausweg suchte.

Mittlerweile lief ihr der Schweiß in Strömen den Rücken hinunter. Ihr geflochtener Zopf klebte unangenehm im Nacken. Ihr Unwohlsein hatte die Grenze erreicht. Die Gedanken galoppierten durch ihren Kopf bei der Vorstellung, was jetzt geschehen würde und wie sie es verhindern könnte. Es war die Hölle für sie.

Einen Augenblick ließ Flori sie verwirrt los. Dann unternahm er den zweiten Versuch. Er wollte Anna, jetzt! Während er sich schwer atmend an sie drängte, pfiff das asthmatische Keuchen der alten Männer in ihren Ohren. Als sie ihn anschaute, verschwamm sein Gesicht vor ihren Augen, und die Fratze von einem ihrer Peiniger glotzte sie an. Die Erinnerung an die grausamen Vergewaltigungen überfiel sie und ließ sie förmlich explodieren. Anna stieß Flori mit solch einer Kraft von sich, dass er rückwärts von der Bank auf den Fußboden fiel. Sie hastete an ihm vorbei und flüchtete in die Küche.

Wäre er doch nur im Wohnzimmer geblieben! Doch er kam ihr mit ausgestreckten Armen nach und versuchte sie zu beruhigen. »Anna, Liebes, was ist los mit dir? Du musst doch gemerkt haben, dass ich dich liebe!«, sagte er atemlos. Jetzt hätte er den abgrundtiefen Hass in ihren Augen entdecken müssen, doch vor lauter Verlangen und Erstaunen war Flori blind. Anna ging rückwärts, bis sie hinter sich den Küchentisch spürte. Sie fühlte sich wie in der Falle. Gleichzeitig hatte Florian sie erreicht und nahm sie in die Arme. Er drängte sich wieder an sie, sodass sie seine Erregung spürte. Ihre Hand tastete rückwärts auf dem Tisch herum. Das Küchenmesser, mit dem sie vorher den

Salat geschnitten hatte, gab ihr plötzlich Sicherheit … ein Gefühl, den rettenden Strohhalm erreicht zu haben. Das Messer lag kühl in Annas Hand und brannte doch wie Feuer. Sie hörte Floris Keuchen überlaut in ihren Ohren. Als er ihren Rock hochschob und zwischen ihre Schenkel griff, setzte ihr Verstand aus.

Nach einer Ewigkeit, wie es Anna schien, öffnete sie, wie aus einem Traum erwacht, die Augen. Florian lag in seinem Blut vor ihr! Sie konnte sich nicht erinnern, dass sie zugestochen hatte. Sein Oberkörper war eine einzige riesige Wunde! Ob er sofort tot gewesen war, das wusste sie nicht. Die Zeit war für Anna einen Augenblick stehen geblieben.

Mit dem Rücken an den Tisch gelehnt wartete sie darauf, dass sich nun das Entsetzen über ihre Tat einstellen würde. Sie wartete vergebens. Was war los mit ihr? *Ich liebe Florian Schaffner und habe ihn trotzdem umgebracht!* Sie verstand die Welt nicht mehr und sich schon gar nicht! Ihre eigenen Gefühle verwirrten. Nicht nur darüber, dass sich kein Entsetzen einstellte, sondern plötzlich war sogar der unglaubliche Druck, der ihre Seele belastet hatte, weg und machte einem erhabenen Frieden Platz. Etwas wie ein Glücksgefühl stieg in ihr hoch. Anna war dieses Mal der Sieger. Sie hatte die Gattung Mann besiegt. Wie sollte sie dieses fantastische Gefühl deuten? Ja, sie fühlte so etwas wie … Macht? Macht über die Männer, die ihr entsetzlich wehgetan hatten.

Plötzlich fiel ihr der Albtraum ein, den sie als Kind nach dem Tod der Mutter hatte. In dem Traum schaute sie auf eine Wand. Während sie ein Kinderlied summte, drehte sie sich um und sah ihre Puppen auf dem Boden liegen. Jemand hatte ihnen Arme und Beine ausgerissen. Damals entsetzt und voller Angst, summte sie heute das Kinderlied gut gelaunt.

Dann stieg sie über ihn hinweg und beseitigte in Seelenruhe gründlich und mit Bedacht ihre Spuren. Das Blut an ihren Sachen würde sie zu Hause auswaschen. Das Messer putzte sie gründlich ab, genau wie das Glas und die Schüssel, die sie angefasst hatte. Sie schaute die Leiche von Flori genau an, um eventuell ein Haar von ihr oder Sonstiges zu entdecken. Mit einem Küchentuch fasste sie ihren unbenutzten Teller und das Besteck an und stellte es in den Schrank. Ihr Glas steckte sie vorsichtshalber in die Handtasche. Alle etwaigen Fingerabdrücke putzte sie von der Stuhllehne, der Eckbank und von überall sonst, wo sie gewesen war und etwas angefasst hatte. Da sie das erste Mal in Floris Haus war, und nur im Eingangsbereich, in der Küche und im Wohnzimmer, gab es nicht viele Spuren von ihr. Sie konnte gut nachvollziehen, was sie in der Hand gehabt hatte oder wo eventuell Haare von ihr gefunden werden könnten. Sie hatte aber keine Bedenken, denn zu Hause hatte sie sich einen festen Zopf geflochten, so war sie sicher, keine Haare verloren zu haben. Dann räumte sie alles so hin, dass es nicht nach Besuch aussah.

Anschließend ging Anna den Weg, den sie in der Wohnung genommen hatte, noch einmal ab. Sie schaute sich um und flüsterte: »Ein Mörder, der sich damit begnügt, für immer anonym zu bleiben, könnte es tatsächlich schaffen, unerkannt zu entkommen!«

Dass Anna jetzt eine Mörderin war, war ihr klar! Doch es machte ihr überhaupt nichts aus. Es war nicht anders als der Gedanke: *Draußen regnet es.* Dass es nicht normal war, was sie dachte und tat, auf die Idee kam sie gar nicht. Hellwach und konzentriert schaute Anna noch einmal auf die Leiche, die vor dem Küchentisch lag. Dass es Florian Schaffner war, in den sie sich verliebt hatte, konnte sie erstaunlicherweise verdrängen. Schlechte Erlebnisse verdrängen fiel ihr nicht schwer, das musste sie schon in jungen Jahren perfektionieren, um zu überleben. Sie fasste mit dem Küchentuch nach der Türklinke und machte die Haustür von außen zu. Das Tuch steckte sie ein.

Auf dem Weg zu ihrem Auto huschte sie aufmerksam schauend durch die Dunkelheit. Beim Verlassen der Ferienanlage begegnete ihr keine Menschenseele. Mit einer inneren Gelassenheit, das Kinderlied immer noch summend, fuhr sie nach Hause. Anna fühlte sich aufgrund der gründlichen Spurenbeseitigung sicher. Sie glaubte, dass sie es geschafft hatte, den perfekten Mord zu begehen. Unterwegs grübelte sie kurz darüber nach, wie es möglich war, dass die intensive Liebe zu Flori so schnell verschwunden war. *Keiner, der mich kennt, ahnt*

auch nur, dass ich eine Beziehung zu einem Mann hatte.
Gut, dass ich alles geheim gehalten habe.

Von der Polizei eventuell ausgefragt zu werden, darüber machte sich Anna keine Sorgen. Sie glaubte nicht, dass sie irgendjemand gesehen haben könnte oder dass sie Spuren hinterlassen hatte. Durch ihr zurückgezogenes Leben hatte sie kaum Bekannte, und Freunde besaß sie nicht außer Peti!

3. November 1980

»Scheißwetter! Typisch für einen Novembertag«, fluchte Gerhard Pochner genervt. Aus der Kapuze der Regenjacke hingen ihm die Haare strähnig und nass ins Gesicht. »Mist!«, brummte er vor sich hin. »Bei Familie Beekner ist mal wieder keiner da!« Schlecht gelaunt drehte der Postbote das Päckchen in seinen Händen hin und her. Dabei suchten seine Augen die Auffahrten der Ferienhäuser ab, um zu sehen, ob jemand zuhause war, der ihm das Päckchen für die Beekners abnehmen konnte. Die meisten Holzhäuser auf dem Campingplatz an der Bever-Talsperre waren nur am Wochenende bewohnt, in der späten Jahreszeit auch eher selten.

Weiter hinten in der Reihe entdeckte Pochner ein Auto. Florian Schaffner schien zuhause zu sein, freute er sich. Endlich konnte er sein Päckchen loswerden, denn für den Briefkasten war es zu groß. Also machte er sich auf den Weg und klingelte an der Haustür. Um keine Zeit zu verlieren, legte er sich während des Wartens schon mal die Post für den nächsten Kunden zusammen. Aber nach mehrmaligem Klingeln stand der Postbote immer noch vor der geschlossenen Haustür. Pochner wurde ungeduldig.

»Verdammt, das Auto steht doch da. Der Schaffner muss hier sein!«, zischte er vor sich hin und stapfte ärgerlich zum Küchenfenster, um ins Haus zu schauen. Er beschattete seine Augen mit den Händen, um besser sehen zu können, und – prallte zurück. Er sah einen leblosen Mann vor dem Küchentisch auf dem Boden in seinem Blut liegen. Pochners Wut war wie weggeblasen. »O mein Gott!«, stammelte er voller Entsetzen. Ihm blieb im wahrsten Sinne des Wortes die Spucke weg. Panisch nuschelte er: »Ich muss den Notarzt rufen!«

Völlig überfordert stopfte er die Briefe und das Päckchen wieder zu den anderen Sachen in die Posttasche. Zitternd schaute er sich um.

»Am Ende der Straße steht auch ein Auto. Nix wie hin. Dort *muss* jemand zu Hause sein!«, brabbelte er vor sich hin. Pochner rannte so schnell, wie es seine Posttasche zuließ, auf das Haus zu. Kurz davor rutschte er aus, schlug der Länge nach hin und knallte gegen die Haustür. Herr Wärners riss die Tür auf, und ehe er fragen konnte, was passiert war, schrie der Postbote: »Schnell, wir müssen den Notarzt anrufen, der Schaffner liegt in seinem Blut vor dem Küchentisch!«

Endlich am Telefon angelangt, wählte er aufgeregt die 110. Die Wärners standen geschockt neben ihm.

»Hallo? Wieso ist da die Polizei? – Was? – Ja, nein. Ich wollte den Notarzt! – Ja, also ich habe gerade einen Mann entdeckt, der blutüberströmt in seiner Küche liegt. Was soll ich machen? – Was? – Ach so. Ja, mein Name ist Pochner, Gerhard Pochner. – Was ich hier mache? Ich bin doch der Postbote! – Ja, ich warte. Aber machen Sie schnell! – Was? – Ja, ich bin hier bei Familie Wärners in der Ferienanlage an der Bever-Talsperre!

Die waren so freundlich, mich telefonieren zu lassen«, gab Pochner stotternd seinen Bericht ab. Eine ruhige Stimme versprach ihm, sofort den Notarzt zu schicken.

Bibbernd stand Gerhard Pochner draußen herum. Er drehte sich im Kreis und jammerte immer wieder: »O Gott, o Gott!«

Die Wärners leisteten ihm Gesellschaft. So ein Drama wollte man sich nicht entgehen lassen. Als ein Auto in die Ferienanlage einbog, erkannte Pochner die Eheleute Klausus. Bevor das Auto richtig anhalten konnte, stürmte Pochner hin und riss die Autotür auf. Und bevor Herr Klausus den Mund aufmachen konnte, schnatterte der Postbote drauf los, um auch die Klausus zu informieren, dass hier im Ferienpark etwas Schreckliches passiert sei! Sensationslüstern wartete nun die kleine Gesellschaft auf den Notarztwagen.

Die Neugierde plagte Herrn Wärners sehr. Mit der Absicht, in das Küchenfenster von Florian Schaffner zu schauen, ging er ein paar Schritte auf das Haus zu. *Vielleicht*, so dachte er, *kann ich mir den Verunglückten ansehen.* Doch seine Frau wollte das unter keinen Umständen. Krampfhaft hielt sie ihn am Ärmel fest. Sie klagte: »Ach Eugen, so etwas Schlimmes musst du dir doch nicht antun. Ich könnte das auch nicht.«

Das war Herrn Klausus zu dumm. Er schnauzte Frau Wärners an: »Wer hat denn gesagt, dass *Sie* darein gucken sollen? Wir müssen warten, bis der Arzt kommt.«

»Ja aber, wir müssen ihm doch helfen, vielleicht lebt

er noch!«, ereiferte sich Herr Wärners und versuchte erbost, seine Frau abzuschütteln.

»Der Herr Schaffner war so ein freundlicher junger Mann. O mein Gott«, sagte Frau Wärners wieder und brach in Tränen aus.

»Wieso war? Wir wissen nicht, ob er tot ist!«, regte sich nun Herr Klausus wieder auf. Trotz alledem blieb jeder auf seinem Standort und gruselte sich halb aus Sensationslust und halb aus Mitleid. Sie diskutierten so lange, bis der Krankenwagen mit heulender Sirene in den Ferienpark einbog. Das Martinshorn lockte trotz des schlechten Wetters noch andere Leute an. Man sicherte sich gleich einen günstigen Platz, um alles mitzubekommen. Füße scharrend versuchte jeder, vorne zu stehen. Es war auch egal, dem Nebenmann auf die Füße zu treten. Streit gab es aber nicht, denn man hätte in der Zeit etwas verpassen können.

Als ein Sanitäter eilig auf sie zukam, verstummte das Gemurmel. »Hat jemand einen Schlüssel zu Herrn Schaffners Haus?«, fragte der Mann freundlich. Neugierig antwortete Frau Wärners mit einer Gegenfrage: »Lebt Herr Schaffner denn noch?«

»Also was ist, hat jemand einen Schlüssel oder nicht? Oder weiß jemand, wo wir einen bekommen können?«, wiederholte der Sanitäter gereizt.

Keine Antwort, nur große Augen. Jeder guckte jeden an.

Um keine Zeit zu verlieren, lief der Sanitäter zurück.

Die Haustür wurde mit Gewalt geöffnet. Kaum waren die Männer im Haus verschwunden, kam der Notarztwagen. Auch der Arzt beeilte sich, ins Haus zu kommen. Die Nachbarn diskutierten laut und heftig weiter. Das Gespräch verstummte auf Kommando, als die Männer langsam aus dem Haus von Florian Schaffner herauskamen. Hilfe für ihn kam zu spät. Der Notarzt informierte die ansässige Polizei aus Wipperfürth.

Die diskutierenden Nachbarn verstummten zum dritten Mal, als die Polizeiwagen in den Ferienpark einbogen. Nach einem kurzen Gespräch mit den Beamten fuhren der Notarzt und die Sanitäter ohne Florian Schaffner ab. Polizisten sicherten den Unfallort und sorgten dafür, dass eventuelle Zeugen auf die Kripo warteten.

Mordkommission Köln

Bei der Mordkommission kam folgende Meldung herein: Leichenfund in Hückeswagen im Ferienpark an der Bever-Talsperre. Da es sich augenscheinlich um einen Todesfall durch Fremdverschulden handelte, wie die örtliche Polizei aus dem Bergischen Wipperfürth meldete, wurde eine Mordkommission zusammengestellt. Das Team bestand aus den Kommissaren Jürgen Berger, Hannes Wachmann und der Kommissarin Helga Kämper.

Jürgen Berger hätte gerne die Leitung der Ermittlungen übernommen, da er aus dem Bergischen stammte. Es wurmte ihn, dass Kollege Hannes Wachmann mit der Aufgabe als Ermittlungsleiter der KK 11 betraut wurde. Sein Beruf war Berger auf den Leib geschrieben, und jetzt, als Kommissar, war er eine Berufung für ihn und füllte ihn total aus. Privatleben kannte Berger so gut wie nicht. Obwohl der ruhige, ehrgeizige Mann nur ein Meter fünfundsiebzig groß war, konnte er sich durchaus sehen lassen. Berger hatte hier und da eine Liebelei, die aber meist an geplatzten Verabredungen, verursacht durch seinen Beruf, scheiterten. Dieser Umstand ließ den feinfühligen Mann resignieren, noch eine Frau fürs Leben zu finden.

Kommissar Hannes Wachmann war groß und hager. Durch seinen kurzen Haarschnitt vermittelte er den Eindruck, streng zu sein. Trotz seiner sechzig Jahre wirkte er energiegeladen und vitaler als viele jüngere Männer. Er gestikulierte beim Reden heftig mit den Händen und verschaffte sich mit seiner lauten Stimme überall Gehör. Wachmann war verheiratet und hatte zwei Kinder. Kollegin Helge Kämper lebte wie Jürgen Berger noch alleine. Die kleine, drahtige und etwas herb wirkende Kommissarin passte mit ihrer weiblichen Institution, Dinge zu erahnen, gut zu den beiden Männern. Berger dachte anfangs, dass sein Kollege Hannes Wachmann nicht das nötige Fingerspitzengefühl bei den Ermittlungen hätte, doch während der Zusammenarbeit stellte sich heraus, dass gerade mit diesen drei Charakteren eine gute Wahl getroffen worden war. Es gehörten zwar noch andere Kollegen zum Team, aber hauptsächlich ermittelten die drei zusammen.

Der erste Mordfall, den sie zusammen bearbeiteten, war nun der Fall in der idyllischen Kleinstadt Hückeswagen. In der Ferienanlage an der Bever-Talsperre waren die Spezialisten der Spurensicherung kurz vor den Kommissaren eingetroffen. Die Kollegen hatten den Platz vor dem etwas abseitsstehenden Ferienhaus großräumig abgesperrt, um die Reporter und Gaffer auf Distanz zu halten. Man ließ die Kommissare durch.

Berger ging die kleine Auffahrt zum Tatort hinauf, während sich Kommissarin Kämper draußen vor dem Haus umsah. Kollege Wachmann musste sich die Reporter vom Leibe halten, die sich sofort auf ihn stürzten. Für diese Geier war es die Sensation. Endlich hatten sie etwas Aufregendes zu berichten, deshalb wollte man sich auch nicht die kleinste Kleinigkeit entgehen lassen.

Kommissar Berger ging auf einen jungen Polizisten zu, der vor dem Ferienhaus, an der Haustür stand. »Können Sie schon etwas sagen?«, fragte er ihn.

Der sehr blasse Beamte versuchte Haltung anzunehmen und antwortet gepresst: »Nein, tut mir leid, nur so viel, dass das Mordopfer wahrscheinlich erstochen worden ist.«

Berger schüttelte den Kopf und ging vor Kämper und Wachmann an ihm vorbei und ins Haus. So ganz konnte er die Fassungslosigkeit des Kollegen nicht verstehen. Für ihn war das hier Alltag.

An der Haustür schlug dem Kommissar penetranter Verwesungsgeruch entgegen. In der Küche sah er Frau Doktor Marlies Mengel neben dem Mordopfer knien. Die schlanke Rechtsmedizinerin passte nicht so recht ins Bild. Ihre ganze Erscheinung wäre besser auf einem Modemagazin zur Geltung gekommen als kniend vor einem Leichnam. Doch schien es, dass sie ihren Beruf gewissenhaft und mit dem nötigen Ehrgeiz ausführte. Sie war kurz vor den Kommissaren angekommen. Marlies Mengel neigte den Kopf zur Seite, um die Wunden in Augenschein zu nehmen. Dabei zog sie sich automatisch die Einmalhandschuhe an und beugte sich noch näher zu den beigebrachten Verletzungen des Toten. Als sie merkte, dass jemand auf sie zukam, blickte sie kurz auf in Bergers Richtung.

»Grüß dich, Jürgen«, sagte sie etwas zerstreut. »Sieht heftig aus, nicht wahr? Der Mörder scheint einen Blackout gehabt zu haben«, gab sie ihren Bericht ab.

Der Kommissar kämpfte mit dem Gestank der schon länger in ihrem Blut liegenden Leiche. Mit zusammengebissenen Zähnen grüßte er nuschelnd zurück. Als sein Blick auf den zerfetzten Oberkörper des Mordopfers fiel, erinnerte ihn sein Magen an das Frühstück, das er vorher zu sich genommen hatte. Da er das Brötchen und den Morgenkaffee unter keinen Umständen wieder hergeben wollte, schluckte er tapfer, um es da zu lassen, wo es hingehörte. Jetzt verstand Berger auch die Reaktion des jungen Kollegen, der vor der Haustür seinen Bericht ungenügend abgegeben hatte. Der Kommissar räusperte sich, um seiner Stimme den nötigen festen Klang zu geben. Dann schaute er zur weißen Zimmerdecke hinauf, um sich zu fassen. Dabei entdeckte er kleine schwarze Fliegen, die sich dort versammelt hatten. Sicher waren sie durch die Personen, die sich jetzt im Zimmer befanden, von der Leiche aufgescheucht worden. Seine Aufmerksamkeit kehrte zu dem Geschehen zurück.

»Das sieht ungewöhnlich aus, Marlies. So eine zugerichtete Leiche … Hat man Einbruchspuren festgestellt?«

»Nein, die Kollegen der Spurensicherung sagten, es wäre möglich, dass das Mordopfer den Mörder arglos hereingelassen hatte.«

Wachmann war hinter Berger getreten. Er hüstelte und musste schlucken, um seine Betroffenheit zu verarbeiten. Dann stellte er seine routinemäßigen Fragen.

»Wann ist der Tod eingetreten, Marlies?«

Die Rechtsmedizinerin schaute zu den beiden Kommissaren hoch, runzelte die Stirn und strich sich mit dem Handrücken die Haare zurück. »Schätze vorsichtig Freitag«, kam es dann kurz und bündig.

Der Gestank in der Küche war kaum auszuhalten. Selbst die offene Haustür, durch die ein frischer Luftzug hereinkam, konnte ihn nicht vertreiben.

Berger schaute zum Fenster hinaus. Es hatte aufgehört zu regnen. Die Sonne schien ab und zu durch die Wolken. Der Kommissar beobachtete, wie die Leute von der Spurensicherung die Neugierigen mit einem rotweißen Band auf Abstand hielten. Dahinter standen die Schaulustigen und reckten ihre Hälse, um irgendetwas mitzubekommen. Und noch weiter, am Horizont, sah er das Wasser der Talsperre im kurz aufblitzenden Sonnenlicht des frühen Nachmittags funkeln. Während der Ermittlungsleiter Hannes Wachmann wieder hinausging, um den Postboten zu befragen, wandte Kommissar Berger seine Aufmerksamkeit den Kollegen von der Spurensicherung zu. »Schon etwas gefunden? Fingerabdrücke, Fasern, Haare? Irgendeinen Hinweis auf den Täter?«

Der vor ihm hockende Kollege rappelte sich ächzend hoch. Da er sich schon die Gummihandschuhe über seine Hände gezogen hatte, versuchte er schnaufend, seine Hose unter dem weißen Overall mit den Ellbogen hochzuziehen. Er sagte etwas atemlos: »Alles *zu* sauber. Nicht der kleinste Hinweis! Wir hätten wenigstens Fingerabdrücke vom Mordopfer in der Küche und im Wohnzimmer finden müssen.«

»So etwas liebe ich«, grummelte Berger in seinen Bart. »Das bringt uns kein Stück weiter!«

Jetzt hieß es, Zeugen zu finden. Die Kollegen hatten schon begonnen, die Leute, die sich zum Schauen versammelt hatten, zu befragen und gleichzeitig zu registrieren. Doch es gab kaum einen interessanten Hinweis. Mit Wachmann zusammen nahm Kommissar Berger dann das Holzhaus in Augenschein.

»Hübsches Haus«, sagte Berger.» Keine Spur von Haustieren, wenig schmutzige Wäsche, kein stehen gebliebenes Essen außer einem Salat und einem Glas, gefüllt mit einer roten Flüssigkeit. Scheint Rotwein zu sein«, stellte Berger fest.

»Ja«, rief der dicke Mann von der Spurensicherung. »Rotwein. Aber weder von außen noch am Rand des Glases habe ich Fingerabdrücke gefunden.«

»Da hat der Mörder ganze Arbeit geleistet!«, stellte Berger fest.

Er öffnete die Schränke und schaute hinein.

»Der Kühlschrank ist gut gefüllt. Vielleicht wollte Schaffner gerade seinen Urlaub hier verbringen oder er wohnte sogar hier. Aber selbst wenn er dauerhaft hier lebte, muss er irgendwo gemeldet sein. Man kann seinen ständigen Wohnsitz nicht in der Ferienanlage anmelden».

»Wahrscheinlich.«

»Alles normal eingerichtet wie in tausend anderen Häuschen auch.«

Im Schlafzimmer standen ein breites Bett, eine Kommode, ein Stuhl, ein Nachttisch und ein Schrank, weiter nichts. Der Koffer war leer. Die Anziehsachen waren säuberlich in einen kleinen Schlafzimmerschrank eingeräumt worden.

Wachmann kam seinem Kollegen aus dem Bad entgegen. »Männliche Toilettenartikel, nur eine Zahnbürste.«

Der Kollege von der Spurensicherung folgte ihm und meinte: »Hier ist alles sauber.«

»Ja, ein Dummkopf war der Mörder nicht!«

»Ich denke auch«, sagte Kommissar Berger und kratzte sich am Kopf.

Nachdem sie sich die Wohnung noch einmal gründlich vorgenommen hatten, wollten die Kommissare die Zeugen vernehmen. Da es wieder angefangen hatte zu regnen, stellte der Nachbar Herr Wärners seine Wohnung zur Verfügung.

Die Kommissare waren unzufrieden, denn es kam so gut wie nichts Neues heraus. Florian Schaffner war zwar vor zwei Jahren mit einer Frau eingezogen, wie die Nachbarn berichteten, aber nach gut drei Monaten wieder allein. Man hatte beobachtet, dass die Frau nach einem Streit ausgezogen war. Mit den dürftigen Aussagen machten sich die Kommissare wieder auf den Weg zu ihrem Auto. An den Reportern, die frierend im Regen warteten, kamen sie nicht so schnell vorbei. Diese Sensation wollten sie sich nicht durch die Lappen gehen lassen. Doch die Kommissare konnten nicht mehr berichten als das, was die Journalisten ohnehin schon wussten.

»Wie, Sie haben nichts gefunden?«, rief ein Reporter der ansässigen Lokalzeitung aufgeregt und enttäuscht hinter Berger her. »Was soll ich denn jetzt schreiben?«

Berger drehte sich um und antwortete bissig: »Das dürfte wohl Ihr Problem sein. Aber die Spurensicherung arbeitet ja noch an dem Fall, und die genaue Zeugenbefragung steht auch noch aus.«

Die Kommissare fuhren nach Köln ins Präsidium zurück. Anhand der Papiere von Florian Schaffner mussten seine Angehörigen ausfindig gemacht werden und die Frau, die seine verflossene Partnerin gewesen war. Wenn Beweismaterial gefunden wurde, war die Spurensicherung dafür verantwortlich, es nach Köln mitzubringen.

Einen Tag später gab es in Hückeswagen nur noch ein Thema: Der Mord an Florian Schaffner, der in dem Ferienpark, an der Bever-Talsperre gewohnt hatte. Es war ein schreckliches Ereignis für die Kleinstadt. Als das Bild von Schaffner in der Zeitung veröffentlicht wurde, meldeten sich Zeugen. Und zwar die Angestellten der Bibliothek in Hückeswagen. Die Kommissare notierten Namen und Adressen.

Anna

Während Peti die Treppe hoch stürmte, kramte sie in ihrer Jackentasche nach dem Korridorschlüssel. Mit vor Aufregung zitternden Händen schloss sie auf und platzte mit ihrer Neuigkeit in die Wohnung.

»Anna, Anna, ein Mord – hier in Hückeswagen! Ich fasse es nicht. Ein Mann ist ermordet worden.« Sie knallte die Zeitung auf den Tisch und pellte sich aus ihrer Jacke. »Das Bild musst du dir unbedingt anschauen. So ein toller Mann, und jetzt ist er tot!«

Anna stand an der Küchenzeile und musste über ihre hibbelige Wohnungsgenossin schmunzeln. Sie schaute Peti nicht an, damit sie den Triumph in ihren Augen nicht sehen konnte. Konzentriert und seelenruhig bestrich sie ihre Schnitte Brot mit Butter und belegte sie dann mit Wurst.

Das war eindeutig zu viel für Petis Nerven. Pfeifend pustete sie den Atem aus ihrem Mund. Sie war über die Ruhe, die Anna an den Tag legte, total wütend. Bei dieser schrecklichen Neuigkeit hatte sie eine andere Reaktion von ihr erwartet. Da Anna keinerlei Anstalten machte, den Artikel zu lesen, nahm Peti die Zeitung wieder auf und hielt sie ihr mit empörtem Gesichtsausdruck unter die Nase. Jetzt tat Anna ihr den Gefallen, griff danach und überflog den Artikel. Dann schaute sie auf das Bild von Florian Schaffner. Sie sagte: »Ja, den kenn ich. Der war mal bei uns in der Bibliothek.« Sie war selbst überrascht, dass sie kein Bedauern spürte. Es berührte sie nicht. Und dass sie Flori einmal geliebt hatte, war wie weggeblasen.

Peti blieb der Mund aufstehen. »Was sagst du da? Du kennst ihn? Das ist nicht zu fassen! Und das sagst du so leicht dahin? Das ist aufregend! Hast du der Polizei schon gesagt, dass du ihn kennst? Das muss sie doch wissen!«

»Mhm«, sagte Anna, mehr nicht.

Peti war von der Rolle. Einmal über das Ereignis Mord und dann über Annas *Arschruhe,* wie sie es ihr vorhielt. Nach einer kurzen Pause schwärmte sie weiter. Sie war vom Aussehen Florians hin und weg.

»Wie fandst du ihn denn, Anna? Du hast doch mit ihm gesprochen, als er noch lebte!«

Doch mehr als ein: »Och, ging so«, konnte sich Anna nicht abringen.

»Welcher Idiot bringt so einen tollen Mann um? So einen grausamen Mord kann doch nur ein Bekloppter begangen haben! Ob dieser Florian Schaffner in der Drogenszene an seinen Mörder geraten ist?«, mutmaßte sie.

»Jetzt komm mal wieder runter, Peti. Du übertreibst mächtig«, sagte Anna, legte die Zeitung auf die Arbeitsplatte, nahm ihre Schnitte Brot und verschwand in ihrem Zimmer.

Peti starrte ihr verblüfft hinterher und dann auf die geschlossene Tür. Das verstand sie nicht. Sie hätte so gerne noch weiter über diesen schrecklichen Mord diskutiert. Schließlich war er in ihrer Stadt passiert. Hier in Hückeswagen! Doch Anna war ihr spannendes Buch wichtiger als der Mord an Florian Schaffner! Sie wollte weiterlesen, über Matos, den fernen Planeten der Frauen. Gekonnt schlüpften ihre Gedanken in die Rolle der Protagonistin Thira. Anna identifizierte sich total mit ihr. Die Fantasie, das war ihre Welt, dort blühte sie auf, dort konnte sie sich bewegen, wenn auch nur in ihrem Kopf.

Dass es Anna nach dem Mord an Florian Schaffner so gut ging, war kaum zu glauben. Sie schlief die ganze Nacht durch, ohne Albträume zu haben, wachte morgens erholt auf und war ungewöhnlich fröhlich. Das fiel sogar Peti auf.

»Was ist passiert, Anna. Ist dir dein Traummann über den Weg gelaufen?«, scherzte sie.

Anna lachte befreit auf. Gut gelaunt rief sie: »Als ob das Leben nur durch die Kerle schön sein kann!«

Peti ahnte nicht, dass sie mit einer Mörderin unter einem Dach lebte.

Als Anna am nächsten Tag etwas früher aus der Bibliothek kam, ging sie nicht wie sonst sofort nach Hause. Nein, heute hatte sie Lust, etwas einzukaufen. Sie wollte den längeren Weg zurückgehen, und zwar über die Friedrichstraße, dann die Islandstraße hinunter und weiter auf die Bahnhofstraße zu ihrer Wohnung. Bei dem schönen Wetter machte es ihr auch nichts aus, dass so viele, gut gelaunte Leute unterwegs waren, während sie sonst jede Ansammlung von Menschen vermied.

Am Ende der Islandstraße auf dem Wilhelmsplatz fand ein kleiner Trödel statt. Ein Mann fiel ihr besonders auf. Von seinem Äußeren fühlte sich Anna abgestoßen. Lauthals pries er aufdringlich und in den höchsten Tönen seine Waren an. Sein selbstverliebtes Getue und Verkaufsgebaren ging ihr mächtig auf die Nerven.

Plötzlich blieb Anna mitten in der Menschenmenge stehen. Sie drehte sich im Kreis und sah sich die vorbeitrödelnden Menschen an. Es machte *klick* in ihrem Kopf, und dann löste der Anblick der Männer einen wahren Blitzstrahl des Glücks in ihr aus. Er durchströmte ihren Körper und machte die Brust weit. Sie hatte das Gefühl, dass es sich bis in die Unendlichkeit ausdehnte. *Niemand kann mir ansehen, dass ich den perfekten Mord begangen habe.* Ganz in ihrer Gefühlswelt gefangen, ging sie lächelnd weiter. Sie hatte schon des Öfteren an ihre Peiniger aus Kindertagen gedacht und sich in Gedanken an ihnen gerächt. Dann jagte ihr jedes Mal ein prickelndes Gefühl durch die Adern. Sich vorzustellen, dass diese grausame Kerle bekamen, was sie verdienten, war für sie das Größte! Macht über die fiesen alten Schweine zu haben – dieses Gefühl hätte sie herausschreien können, es machte sie frei und erhaben. Anna war der Überzeugung, dass diese bestimmte Macht, die sie glaubte zu haben, besser war als Liebe. *Wer liebt, ist abhängig, ohnmächtig und machtlos,* dachte sie und glaubte es sogar. Sie verbot sich die Erinnerung an die kurze Zeit ihres Glücks. Die Gefühle der Liebe waren zart und zerbrechlich, doch das Gefühl der vollendeten Rache, das nun durch sie strömte, war gewaltig. Es rauschte und brauste durch und über sie hinweg und drängte sich in den Vordergrund.

Plötzlich wollte sie nur noch nach Hause. Als sie in die Bahnhofstraße einbog, um zu ihrer Wohnung zu gelangen, dröhnte ihr die verhasste Stimme des Mannes immer noch in den Ohren. Sie hörte ihn sogar noch, als sie schon im Hausflur stand. *Thira vom Planeten Matos wüsste schon, was sie mit dir machen würde,* dachte Anna gehässig.

Kripo Köln

Nachdem Kommissar Berger die Bilder vom Mordfall Florian Schaffner an die Pinnwand gehängt hatte, schaute er eine Weile grübelnd darauf. Dann ging er seufzend zu seinem Schreibtisch zurück, ließ sich auf seinen Stuhl fallen und überflog die Berichte von den Zeugen, die zuerst am Tatort waren. Anschließend stellte er noch Fragen zusammen, mit denen seine Kollegen in Hückeswagen von Haus zu Haus gehen würden. Die Polizisten sollten auch ein Bild von Schaffner vorzeigen. Denn nicht jeder Einwohner von Hückeswagen und Umgebung hatte eine Zeitung. Der Ermittlungsleiter Hannes Wachmann musste sich derweil mit der Presse beschäftigen und vor allen Dingen darauf achten, keine Einzelheiten bekannt zu geben, bevor die Familie des Ermordeten nicht informiert und befragt worden war. Die Ermittlungen durften nicht gefährdet werden. Trotzdem würde der Fall durch die Presse gehen.

»Der Mord an Schaffner wird eine enorme Herausforderung für unser Team sein«, hatte Kommissar Wachmann bei der Besprechung verkündet. »Wenn es uns nicht gelingt, innerhalb kürzester Zeit einen Verdächtigen zu präsentieren, ist der Ärger mit dem Staatsanwalt vorprogrammiert.«

Berger lehnte sich auf seinem Stuhl zurück. *Solch ein abartiger Mord – und dann in einer Kleinstadt! Das wird verdammt schwer*, dachte er. Unruhig stand er auf und ging hin und her. Er handelte sich einen missbilligenden Blick von seinem Kollegen ein. Die Besprechung mit dem Staatsanwalt war vorbei. Mit unzufriedenen Gesichtern gingen die Kommissare wieder in ihre Büros zurück.

Hückeswagen

Die Polizei war in Hückeswagen und Umgebung allgegenwärtig. Mit dem Bild des Mordopfers und den vorbereiteten Fragen gingen die Kollegen der KK 11 von Haus zu Haus. Selbst in Sportvereinen, Schulen und öffentlichen Einrichtungen wurde ermittelt. Die Kollegen von Jürgen Berger tauchten auch in der Bibliothek auf, in der Anna Hellkamp arbeitete.

»Die Polizei bei uns?«, flüsterte die pummelige Brigitta Mehring. »Was wollen die denn hier?«

»Bestimmt kein Buch ausleihen«, flüsterte Ulrike Börn. Sie bekam vor Aufregung einen trockenen Mund. »Es wird wegen des Mordes sein!«, sagte sie besserwisserisch.

»Als ob wir etwas damit zu tun haben.«

Ulrike Börn schmollte ärgerlich. Sie hatte kein gutes Gefühl dabei. Am liebsten hatte sie es, wenn alles in geordneten Bahnen lief.

Die immer freundliche Maritta Derlag brachte den Polizisten zu Anna ins Büro. Anna schaute auf. Sie war ärgerlich über die Störung, denn ihre Arbeit forderte höchste Konzentration. Eigentlich wollte sie sich nicht so gerne stören lassen. Aber die Polizei ...

Anna fühlte sich sicher. Ruhig begrüßte sie den Polizisten und bat ihn, Platz zu nehmen. Als sie zum Mordfall Schaffner befragt wurde, musste sie schmunzeln, was sie jedoch geschickt verbergen konnte. Ja, plötzlich hätte sie sogar herzlich lachen können, wie über einen Witz. *Die Mörderin und der Polizist – und dabei hat die Polizei keine Ahnung. So soll es auch bleiben,* dachte Anna. Sie musste sich stark zur Ordnung rufen, denn auf keinen Fall durfte sie auffallen!

»Frau Hellkamp, Sie haben Herrn Schaffner bei einem Besuch hier in der Bibliothek wegen eines Fachbuchs beraten, sagte mir Ihre Arbeitskollegin. Kannten Sie ihn auch privat? Oder ist Ihnen sonst etwas Ungewöhnliches aufgefallen?«

»Ja, ich erinnere mich. Er war mehrmals hier in der Bibliothek. Aber über die Beratung hinaus haben wir nichts besprochen, nein. Ich glaube … nein! Er war sehr reserviert und höflich, das weiß ich noch. Aber sonst ist mir nichts aufgefallen«, sagte Anna. Mit ihren großen, braunen Augen warf sie dem jungen Polizisten einen unergründlich tiefen Blick zu. Als sich plötzlich eine Locke aus ihrer Frisur löste und ihr in die Stirn fiel, schaute der junge Mann mit leicht geöffnetem Mund darauf, als ob es nichts Spannenderes gäbe. Als er sich dessen bewusst wurde, fühlte er sich ertappt. Ihm schoss das Blut in den Kopf. Peinlich berührt und mit hochrotem Gesicht verhaspelte er sich tatsächlich bei weiteren Fragen. Auch das nahm Anna schmunzelnd zur Kenntnis. Unbeholfen fragte er dann, ob sie für das Verhör die nächste Kollegin ins Büro bitten könne.

Nacheinander gingen Marietta, dann Ulrike und zum Schluss Brigitta hinein. Außer Anna waren alle nervös und benahmen sich auch so. Anna amüsierte sich darüber und dachte: *Als ob die etwas zu verbergen hätten.*

Nachdem der Polizeibeamte fort war, gab es in der Bibliothek keinen anderen Gesprächsstoff mehr. »Dass du so ruhig sein kannst, Anna«, sagte Brigitta. Und Marietta staunte: »Ja, du warst total cool! Und wie der Polizist dich angestarrt hat …«

»Bist wohl genau sein Typ«, kicherte Ulrike.

Anna beteiligte sich in keiner Weise an den Gesprächen über den Mord. Das fanden ihre Arbeitskolleginnen komisch. Hinter ihrem Rücken tuschelten sie dann wieder über sie.

»Wie cool die auf den Mord reagiert, das ist doch nicht normal«, hörte Anna gerade noch, als sie in den Raum trat, in dem die Kinderbücher auslagen. »Ja, als ob sie ohne jedes Gefühl wäre«, regte sich Ulrike auf. »Pssst«, warnte Marietta.

Dass ihre Arbeitskolleginnen über sie redeten, wusste Anna. Es machte ihr nichts aus. So etwas war ihr nicht unbekannt! Sie lächelte freundlich und tat so, als ob sie nichts gehört hätte.

Präsidium Köln

Die Berichte der Befragungen im Mordfall Florian Schaffner waren zurück und auf Bergers Schreibtisch gelandet. Helga Kämper und er hatten sich die Auswertungen der Zeugenaussagen angesehen.

»Scheiße!«, fluchte Berger und sah seine Kollegin mit zusammengezogenen Brauen an. »Nichts, man kann absolut nichts damit anfangen. Florian Schaffner lebte allein, und das war's! Laut den Nachbarn und wenigen Freunden hat niemand etwas gesehen oder bemerkt. Es ist zum Verrücktwerden. Er muss ein Einzelgänger gewesen sein. Auch die Nachfragen bei seinen Verwandten, die in Berlin leben, wo er auch gemeldet ist, ergab nichts Neues. Ein paar Telefonate mit den Eltern und der Verwandtschaft, besucht hat er sie nicht, und umgekehrt war auch keiner in Hückeswagen. Seine damalige Freundin ist nach ihrem Auszug bei ihm nach Bayern verzogen. Sie hatte nach der Trennung keinen Kontakt mehr zu ihm. Das haben wir überprüft! Bin gespannt, was der Staatsanwalt sagen wird. Wenn ich nur an seinen Gesichtsausdruck denke, dann ...« Berger knirschte mit den Zähnen.

Helga Kämper kam zu der Besprechung als Letzte ins Büro. Mit einem grimmigen Gesichtsausdruck wedelte sie mit einigen Papieren herum und ließ sich auf den freien Stuhl plumpsen. »Hier sind die Protokolle der Haus-zu-Haus-Befragungen.«

Gespannte Aufmerksamkeit erwartete sie. Vielleicht ergab sich jetzt etwas Neues.

»Und?«, bellte der Staatsanwalt.

»Nichts, absolut nichts!«

Enttäuschung machte sich breit.

»Verdammt! Irgendjemand muss doch etwas gesehen oder gehört haben!«

Helga Kämper schaute Berger an. Sein Gesicht zeigte, dass er angespannt war, und was er darüber dachte, konnte sie förmlich darauf ablesen.

Nach der Besprechung mit dem Staatsanwalt und den Kollegen saßen Berger und Kämper noch eine Weile nachdenklich und schweigend zusammen. Plötzlich sprang Berger auf und schnappte sich den Autoschlüssel. »Ich fahre in die Rechtsmedizin, Helga«, brummte er und nickte seiner Kollegin kurz zu.

Beim Öffnen der Tür schlug Berger der unverwechselbare Geruch nach Desinfektionsmittel entgegen, obwohl die Lüftungsanlage gut arbeitete. »Hallo Marlies!« Er flüsterte fast, schaute die Rechtsmedizinerin mit zusammengekniffenen Augen an und dachte: *Wie kann man bei so einer Arbeit nur so frisch und gut aussehen?* Dann sah er auf den Seziertisch und die darauf liegende Leiche. »O Gott!« Berger musste mühsam schlucken, um den Brechreiz zu unterdrücken. Wieder biss er die Zähne zusammen.

Der Raum in der Pathologie war gut belüftet, doch

konnte Berger den eigenartigen Geruch, der so typisch war, nicht ignorieren. Er staunte, dass die Rechtsmedizinerin damit fertig wurde. Zumindest hatte sie bis jetzt nicht darüber geklagt.

»Sieht ungewöhnlich aus. Muss wohl ziemlich viel Wut dabei gewesen sein. Was meinst du, Marlies? Oh … ich muss gleich kotzen«, presste Berger zwischen den Zähnen heraus. Im Normalfall, wenn man überhaupt davon sprechen konnte, steckte er so etwas weg. Aber im Moment war er etwas zart besaitet.

Die Rechtsmedizinerin schaute ihn an. »Ja, so einen Mord hat man nicht alle Tage auf dem Tisch. Der Mörder hat den armen Kerl durch unkontrollierte Stiche mit einem Messer in Ober- und Unterkörper getötet. Abartig! Sagte ich das schon, Jürgen?« Marlies Mengel grinste Berger an und machte sich dann wieder an die Untersuchung der Leiche.

Der Kommissar nickte, und ohne ein weiteres Wort entfernte er sich schnell wieder. Draußen vor der Tür atmete er erst einmal tief durch. Dann ging er mit schnellen Schritten auf sein Auto zu.

»Beweise gleich null. Sollte das der perfekte Mord sein?«, stöhnte Berger vor sich hin. Er legte seine Brille auf den Schreibtisch und rieb sich die Augen. Seine Überlegungen wurden unterbrochen, als seine Kollegen Wachmann und Kämper ins Büro kamen.

»Ich war vor ’ner Stunde in der Rechtsmedizin.

Wollte hören, was es Neues gibt«, sagte Berger. »Der Täter hat so derb zugestochen, dass die Bauchdecke die verletzten Därme frei gegeben hat. Eine Frau können wir wohl ausschließen?«

Wachmann sagte: »Eher ein Psychopath.«

Kämper antwortete: »Das glaube ich erst einmal nicht. Denn diese *Business-Psychopathen* sind meistens keine brutalen Mörder.«

»Aber«, beteiligte sich Berger wieder an der Unterhaltung, »sie haben eins mit allen Psychopathen gemeinsam: den unbedingten Macht- und Kontrolltrieb. Und wenn sie den in gewissen Situationen nicht ausleben dürfen, können sie schon mal von der Rolle geraten, wie vielleicht in diesem Fall.«

»Hm, der Werkner kann sich damit beschäftigen und schauen, ob wir so etwas in dieser Richtung im Archiv haben. Er ist zwar langsam, aber wenn einer etwas finden kann, dann ist er es. Schon gut, wenn man so ein Mädchen für alles hat.« Kämper grinste, Berger verdrehte die Augen. Denn Holger Werkner war nicht sein Fall.

»Übernimmst du das und gibst das unserem Mitarbeiter weiter, Helga?«

»Natürlich, bin schon unterwegs.«

»Da kommt noch Ärger auf uns zu, Hannes! Ohne verdammte Beweise … was sollen wir da unternehmen?«

»Ja, da sehen wir alt aus!«

»Der Täter muss aus dem Bekanntenkreis kommen, denn es gibt kein Indiz dafür, dass Schaffner sich gewehrt hat. Könnte sich auch um einen Ritualmord handeln«, sagte Berger und gähnte.

»Das hat Marlies nämlich vermutet.«

Anna

Zwei Jahre lang ging alles gut. Bis 1982 hatte Anna keine Träume. In der Zeit nach dem ersten Mord war sie in eine Phase der inneren Ruhe und Ausgeglichenheit getreten. Ja, sie war einigermaßen glücklich und entspannt. Doch nun wollte Peti plötzlich ausziehen – und dann noch zu einem Mann!

Petra Gärtner hatte schon verstanden, dass Anna über ihren Auszug nicht begeistert war. Deshalb versuchte sie in ihrer Verliebtheit, die Freundin für das männliche Geschlecht zu begeistern. Sie pries eine Partnerschaft in den höchsten Tönen. Endlos plapperte sie über die Vorzüge, ständig einen Mann an seiner Seite zu haben.

»Du bist dann nie mehr allein!«, sagte sie aufdringlich.

Anna konnte es zum einen nicht mehr hören, zum anderen kam es ihr wie Verrat vor, dass Peti sie verlassen wollte. Nun wollte sie ihrerseits der Freundin einreden, dass die Männer schlecht waren – in gemeinster Weise.

»Woher willst du das alles wissen, Anna, hm? Du kennst die Männer doch gar nicht. Vielleicht aus deinen Büchern. Aber das ist nicht die Wirklichkeit. Erst wenn du eine Beziehung hattest, kannst du dir ein Urteil erlauben, und wir können darüber diskutieren. Und jetzt lass mich in Ruhe packen!«

Fast wäre es zum Streit gekommen, denn Anna war beleidigt. Sie konnte Peti unmöglich von der Beziehung mit Flori erzählen und dass daraus nichts geworden war. Auch nicht, dass es an ihr gelegen hatte, an ihrem verkorksten Leben, dass sie keine Beziehung mit Männern aufbauen konnte. Peti hätte dann gewusst, dass sie eine Mörderin war.

Anna hatte die Tür zu ihrem Zimmer weit aufgemacht, sich in ihren Lesesessel gesetzt und Peti mit starrem Blick beobachtet, wie sie ihre Sachen für den Auszug fertigmachte. Unverschämt fand sie es, dass Peti glücklich aussah und sogar noch ein Lied dazu trällerte!

Der Abschied der beiden fiel kühl aus. Dann war Peti weg. Die Stille in ihrer Wohnung fühlte Anna körperlich, sie konnte es kaum aushalten. Grübelnd verbrachte sie das Wochenende. Plötzlich überfiel sie der Hass auf die Männer, die ihr Peti genommen hatten. Der Gedanke daran, jetzt für immer alleine zu sein, raubte ihr den Verstand. In der Nacht kehrten zum ersten Mal die Träume zurück, und Peti war nicht mehr da, um sie aufzuwecken. Schuld daran, dass im Moment alles schieflief, hatten die Männer, vor allen Dingen Petis Freund. Das war für sie glasklar.

Für Anna brach eine schlimme Zeit an. Bei jedem Albtraum, der sie des Nachts quälte, wuchs die Lust in ihr, einen ihrer Peiniger umzubringen. Sie war nur noch ein Nervenbündel. Dazu kamen immer häufiger heftige Schmerzen, sodass sie sich oft nur humpelnd fortbewegen konnte.

Unausgeschlafen erschien sie an einem Morgen in der Bibliothek. Die immer fröhliche Marietta konnte mit der griesgrämigen Anna kaum umgehen. Sie begann noch schlechter über ihre Kollegin zu reden als sonst. Brigitta und Ulrike beteiligten sich nur zu gerne an den Tuscheleien. Anna fühlte sich wieder in die Schulzeit zurückversetzt. Das stachelte ihren Hass nur noch mehr an.

An einem regnerischen Abend saß sie zusammengesunken in ihrem Lesesessel, in dem sie schon ein paar Nächte zugebracht hatte. Sie hatte wegen der Träume Angst, ins Bett zu gehen, deshalb schlief sie lieber im Sitzen. Ihr ging es schlecht. Wie oft malte sie sich aus, was Peti und der Kerl so treiben würden. Sie hätte sich übergeben können.

»Dass Peti das mit sich machen lässt!«, flüsterte sie immer wieder vor sich hin. Sie steigerte sich so sehr in ihre negative Stimmung, dass ihre Fantasie blühte. Um sich abzulenken, stand sie auf, schlurfte zum Fenster und starrte hinaus auf die dunkle, nur von einer Laterne beleuchtete Straße. Wahre Wasserfontänen trieb der Wind vor sich her, und prasselnd klopfte der Regen an die Fensterscheiben. Die dunklen Wolken, die der Vollmond anstrahlte, jagten vorbei. So trostlos wie das Wetter, so trostlos sah es in Anna aus. Während sie in den Regen starrte, nahm ihr Gehirn automatisch den Faden wieder auf, und schon weilten ihre Gedanken in der schrecklichen Vergangenheit.

Ein paar Tage später, bei der Suche nach einem bestimmten Buch, fand Anna die alte Schachtel wieder, in der die Pistole von Friedhelm Lunkmeyer lag. Als die Walther PPK in ihren Händen lag, kribbelte es in ihrem Bauch. Jetzt wusste sie auch, wozu das Rohr da war, das mit in der Schachtel lag.

»Das ist ein Schalldämpfer!«, flüsterte sie.

Sie hatte schnell heraus, dass das Kürzel PPK *Polizei Pistole Kriminal* bedeutet und wie sie funktioniert. Ihre Fantasie arbeitete plötzlich auf Hochtouren. Wenn sie nicht gerade in einem spannenden Buch las, beschäftigte sie sich mit der Waffe. Und dann schmiedete Anna Pläne – geniale Pläne. Das gab ihr Kraft und eine ungeheure Energie.

In der Bibliothek kam Anna mit ihren Kolleginnen wieder besser aus. Aber statt zu arbeiten, recherchierte sie, wo ihre alten Peiniger, die Stammtisch- und Arbeitskollegen ihres Erzeugers, wohnten und ihren Ruhestand genossen. Bei ihrem guten Gedächtnis brauchte sie sich keine Notizen machen. Die Namen hatten sich damals schon in ihr Gehirn gebrannt. Die Straßen und Hausnummern behielt sie auch so im Kopf. *Einer nach dem anderen ist jetzt dran*, dachte sie.

An einem hektischen Arbeitstag half Anna bei der Bedienung eines schwierigen Kunden aus. Ihr Wissen übertraf alles. Sie schaffte es fast immer, die Kunden zur vollsten Zufriedenheit zu beraten. Auch dieser Kunde verabschiedete sich und ging mit einem zufriedenen Lächeln aus der Bibliothek.

Aus dem Augenwinkel bekam sie mit, wie ein freundlicher alter Herr ihre Kollegin nach einem Buch fragte. Anna überlegte erst, woher sie ihn kannte, dann wurde ihr plötzlich schlecht. Sie starrte den Mann an. Nein, sie starrte auf die großen Hände, die er schnell bewegte, um der Mitarbeiterin zu demonstrieren, was es für ein Buch sein sollte, das er sich ausleihen wollte. Schnell trat Anna hinter eine Säule, um nicht gesehen zu werden.

»Alfons Remmkel! Der mit den besonders großen Händen, die mich gequält haben«, flüsterte sie. In ihr brach ein Gefühlscocktail aus, der sie fast in Ohnmacht fallen ließ. Ihr Kreislauf ließ sie im Stich. Sie schleppte sich ins Büro. Nach einer Tasse Kaffee konnte sie wieder normal denken. Anna musste sich zusammenreißen. Sie durfte Remmkel nicht aufscheuchen. Das Wichtigste war, dass sie wusste, wo er wohnte. *Ich muss Ruhe bewahren*, dachte sie.

Vom Schaufenster aus beobachtete sie ihn, wie er nach Hause ging. Er zog ein Bein hinterher, und auch sonst konnte er nicht mehr so gut laufen. Anna überlegte. Friedhelm Lunkmeyer musste jetzt so um die zweiundsiebzig Jahre sein. Viel älter oder jünger war Remmkel auch nicht. Dann sah sie, dass draußen ein uralter Dackel auf ihn wartete, der ebenso schlecht laufen konnte wie sein Herrchen. »Gut so«, flüsterte sie. Dann würde er irgendwann mit seinem Hund spazieren gehen. Alfons Remmkel, oder Fonksel, wie Lunkmeyer ihn immer genannt hatte, würde sich noch wundern.

Anna wusste, dass Remmkel im Stadtteil *Auf dem Höchsten* wohnte und der Weg nicht weit zur Wuppervorsperre war. Sie vermutete, dass er abends mit dem Hund noch Gassi ging – und dann ein Stück an der Wupper entlang. Aber erst musste sie sich Gewissheit verschaffen, dass es so ablief. Dazu würde sie sich einige Male in der Nähe seines Hauses postieren. Dann entstand der Plan.

Es war wieder einmal ein regnerischer Tag. Anna hatte Schmerzen, sodass sie kaum laufen konnte. Zum hundertsten Mal nahm sie sich vor, endlich zum Arzt zu gehen. Doch für heute hatte sie sich in den Kopf gesetzt, endlich ihren genialen Plan auszuführen. Sie musste ihren alten Peiniger treffen! Wegen der Schmerzen ihr Vorhaben verschieben? Nein, lieber eine Tablette. Dieser Tag schien perfekt zu sein, um es endlich zu tun. Denn Tage und Wochen hatte sie ihn und seine Gewohnheiten beobachtet. Das regnerische Wetter passte, da würde er nicht weit gehen, und Leute waren auch nicht unterwegs, wie sie schon mitbekommen hatte.

Mit einem dunkelgrünen Regenmantel, gleichfarbigem Hut und ebenfalls dunkelgrünen Gummistiefeln war Anna rechtzeitig da, um sich im Gebüsch zu verstecken. Sie wollte keine Überraschung erleben. Die Gegend hatte sie vorher abgecheckt, keine Menschenseele schien unterwegs zu sein. Als sie ihn endlich entdeckte, wie er den Weg entlang auf sie zukam, begann sie zu schwitzen. Sie beobachtete jeden seiner Schritte und hatte doch ihre Umgebung im Auge. Remmkel, mit der einen Hand auf einen Stock gestützt und den Hund mit der anderen an der Leine, schlurfte an ihr vorbei, ohne sie zu sehen.

Nachdem er ein Stück weit gehumpelt war, ging sie aufmerksam um sich schauend hinter ihm her. Da der Hund sehr alt war, bekam er nicht mit, dass sie sich leise anschlich. Die Pistole fest in der Hand und verborgen in der großen Regenjacke, um jederzeit zu schießen. Sie musste damit rechnen, dass der Hund bellen würde, wenn sie Remmkel bedrängte. Dann musste er leider als Erster daran glauben, obwohl sie es bedauern würde.

Sie schloss langsam auf. Der Hund merkte immer noch nichts. Wahrscheinlich war er taub. Remmkel bückte sich, um den Dackel von der Leine zu lassen. Dabei bekam er mit, dass jemand hinter ihm ging. Er machte Platz und ging an der Seite weiter auf dem Weg. Der Hund verschwand humpelnd weiter unten an der Böschung.

Anna war jetzt nah neben ihm. Misstrauisch sah er sie an. Sie, in ihrem weiten Regenmantel und den Regenhut tief ins Gesicht gezogen, schaute ihn an. Er erkannte sie nicht. Zum einen war Anna damals fast noch ein Kind gewesen, und dann erwartete er sie hier auch gar nicht.

Einige Schritte gingen sie nebeneinander weiter. Remmkel wurde unruhig und blieb stehen. »Was wollen Sie von mir?«, knurrte er unfreundlich.

Anna sagte mit honigsüßer Stimme: »Aber Fonksel, erkennst du deine alte Liebe nicht?«

Erst stutzte er, dann sagte er außer Atem: »Anna!«

»Na siehst du, geht doch!«

»Was willst du von mir?«, fragte er mit dünner, zittriger Stimme.

»Du bist alt geworden, Alfons Remmkel«, sagte Anna. »Aber deine verfluchten Hände sind immer noch so groß«. Sie lächelte ihn an.

Remmkel drehte sich um und wollte den Weg zurück hasten. Doch Anna war schnell an seiner Seite. »Bleib stehen, du Schwein«, zischte sie ihn wütend an und zog ihre Hand mit der Pistole unter dem Regenmantel hervor.

Erst starrte er die Waffe an, dann Anna.

»Schau Fonksel, das ist für dich. Hab es dir mitgebracht.« Sie winkte mit der Pistole. Da sie mittlerweile an dem abzweigenden Weg in den Wald hinein angekommen waren, zeigte Anna mit dem Lauf der Pistole dort hinein. Ein Stück trieb sie den alten Mann vor sich her, um von dem Wanderweg um die Wupper wegzukommen.

Rückwärts humpelte er von ihr weg, so wie damals

Anna vor ihm. Das fiel ihr sofort ein, und sogleich schleuderte sie ihren Hass auf diesen Mann. »Weißt du, Fonksel, ich will wieder ohne Albträume schlafen können. Aber dazu muss ich dich erst ins Jenseits befördern.«

Alfons Remmkel entgleisten sämtliche Gesichtszüge. Völlig fertig sah er wieder auf die Pistole. »Aber Anna, das tust du doch nicht. Du willst mir doch nur Angst machen.

Anna schmunzelte jetzt. »Was glaubst du denn?«

Völlig erschüttert sah er, wie sie in Seelenruhe den Schalldämpfer auf die Pistole drehte. In dem Moment kam der Dackel an ihr vorbei und lief freudig auf sein Herrchen zu. Anna erschreckte sich, und ohne darüber nachzudenken zielte sie und drückte ab. Alfons Remmkel schaute entsetzt auf seinen Hund und dann wieder auf Anna.

»Zieh dich aus, du Schwein!«, sagte sie hasserfüllt.

Seine Augen wurden riesengroß. »Warum das denn? Außerdem regnet es und ...«

Sie drohte mit der Waffe. »Wenn du dich nicht beeilst, geht es dir wie deinem Hund.«

Mit zitternden Händen riss er sich die Jacke, den Pullover und das Hemd vom Körper. Schwankend stand er da, auf alten, krummen Beinen, und sah dabei aus, wie ein Haufen Unglück.

»Weiter«, knurrte Anna. »Runter mit der Hose!«

Remmkel öffnete den Mund, aber kein Ton kam

heraus. Er dreht sich um, als wolle er nachschauen, ob er flüchten konnte.

»Runter damit!«, zischte Anna. »Jetzt!«

Er hielt sich an einem Baum fest, um beim Ausziehen nicht umzufallen.

»Setz dich!«, befahl ihm Anna, als er nackt war. Er stöhnte auf. Anna wiederholte es noch mal. »So ist es brav«, sagte sie dann. »Und jetzt kriech rückwärts von mir weg, los«!

Nun heulte er wie ein junger Hund. Die Nase lief und die Tränen strömten. Dann begann er zu stöhnen und zu schnaufen. Während Anna auf seine großen Hände schaute, lief der Film vor ihrem geistigen Auge ab, den sie mit Alfons Remmkel in ihrer Kindheit erlebt hatte. Ihr Gehirn war wie benebelt. Dann tauchte sie wieder in die Gegenwart ein. Sie zielte, es machte plopp, und Alois Remmkel lebte nicht mehr. Anschließend schoss sie noch einmal in jede seiner Hände. Plötzlich kam ein gigantisches Gefühl in ihr hoch. Sie kostete es aus und wollte es bis in die kleinste Pore ihres Körpers spüren. Sie hatte ihren Peiniger besiegt! Es war ein weiterer Sieg über die verhassten Männer. Der Regen kam ihr zu Hilfe. Falls sie überhaupt Spuren hinterlassen hatte, spülte der alles weg. Wenn nur die Schmerzen in den Knochen nicht wären, dann wäre ihr Glück perfekt.

Jetzt goss es in Strömen. Keine Menschenseele war unterwegs außer ihr. *Gleich werde ich mir einen heißen Tee machen*, nahm sie sich vor. Und mit dem genialen

Gefühl der Siegerin wollte sie sich im Fernsehen die Sendung von der Ahr ansehen. *Den Rotweinwanderweg wollte ich immer schon einmal gehen, leider machen die Knochen nicht mehr mit, bedauerte sie.*

Bei der Kripo

Um 9 Uhr morgens kam die Nachricht herein, dass es einen weiteren Toten in Hückeswagen gegeben hatte! Der Mord war an der idyllischen Wupper-Vorsperre geschehen. Dieses Mal war der siebenunddreißigjährige Kommissar Jürgen Berger der Ermittlungsleiter. Kommissarin Helga Kämper gehörte auch noch dazu, ebenso der junge Kommissar Manfred Lübge. Hannes Wachmann war vorzeitig in den Ruhestand gegangen.

Als Kommissar Berger schwungvoll die Tür zu seinem Büro aufriss, rief er: »Morgen zusammen! Wir müssen zu einem Mord. Und jetzt ratet mal, wohin!«

Kämper und Lübge schauten Berger erstaunt an. *Er macht doch sonst nicht so ein Rate- und Antwortspiel,* dachte Kämper. Neugierig geworden stand sie auf und stellte sich in die offenstehende Tür zu seinem Büro. »Woher sollen wir das wissen? Mach's nicht so spannend!«

Kommissar Berger zog die Stirn in Falten, ließ sich auf seinen Bürostuhl plumpsen und polierte in Seelenruhe seine Brille, die vom Regen nass geworden war. Kämper sah ihm zu, als ob es nichts Spannenderes geben könnte. Während er die Brille wieder umständlich auf die Nase setzte, sagte er grimmig: »Nach Hückeswagen. Der arme Teufel heißt Alfons Remmkel und ist ein alter Mann!«

»Entweder suchen sich die bösen Buben gerne das Bergische aus, weil der Mord von vor zwei Jahren noch nicht aufgeklärt worden ist, oder der oder die Mörder wohnen vor Ort.«

»Ein früher Jogger, der sich im Gebüsch erleichtern wollte, hatte den Toten gefunden und die Polizei informiert. Es verging dann noch einmal eine Stunde, bis die Nachricht hier bei uns in Köln ankam. Laut ersten Infos wurde er vermutlich erschossen.«

Gegen 10 Uhr 30 trafen die drei Kommissare in Hückeswagen auf dem Parkplatz an der Wupper-Vorsperre ein. Die in Wipperfürth ansässige Polizei nahm sie in Empfang. Man hatte schon gleich am Anfang des Rundweges alles mit den rot-weißen Bändern abgesperrt. Die Beamten gingen davon aus, dass die Nachricht von dem Mord schnell die Runde machen und Gaffer anziehen würde.

Die Kommissare mussten ein Stück über den Rundweg gehen, um zu dem Toten zu gelangen. »Ein unfreiwilliger Wandertag«, stöhnte Berger theatralisch.

Am Tatort starrten die drei Kommissare ungläubig ins Gebüsch, in dem die männliche Leiche nackt auf dem Rücken im Dreck lag. Die angeschossenen Hände, wie zur Abwehr zur Seite gelegt, das Gesicht wie in Todesangst verzerrt. Und zur Krönung lag ein alter, toter Dackel daneben. Kommissar Berger musste an den Mord von vor zwei Jahren in Hückeswagen denken. Dieser glich in keinem Fall dem ersten, aber zweifellos war auch dieser Mann das Opfer eines Tötungsdeliktes geworden.

Kommissarin Helga Kämper befragte gerade einen Polizisten, als sich die Rechtsmedizinerin Marlies Mengel an ihr vorbei drängte. Sie hatte den Toten schon begutachtet.

»Na, das ist ja mal ein besonderer Fall!« So was hatte ich noch nicht auf dem Tisch!«, meinte sie sarkastisch. »Nackt im Dreck – in der Haltung – und dann noch die Hände! Und der tote Hund daneben! Die Verletzungen sind ausnahmslos Schusswunden, auch bei dem Hund. Welches Kaliber aus welcher Waffe, das ist euer Job«, wandte sie sich an Berger.

»Aber das mit den Händen muss einen Grund haben! Er hat keine Papiere dabei. Scheint ein Hückeswagener zu sein und wohnt bestimmt in der Nähe. Sieht so aus, als ob der alte Mann einen Spaziergang mit seinem Hund gemacht hätte, ein Stück weiter haben die Kollegen eine Leine gefunden, die nicht aussieht, als läge sie schon länger da.«

Der Regen setzte wieder ein und machte die Ermittlungen noch beschwerlicher. Mit angespannten Nerven stiefelten die Beamten herum. Alles lief routinemäßig ab. Als die Spurensicherung ankam, gingen die drei Kommissare zurück zu ihrem Auto. Doch so ganz ungeschoren kamen sie nicht davon. Die Presse wartete schon.

»Wir können noch nichts dazu sagen, die Spurensicherung arbeitet noch«, rief Berger laut. Doch er ahnte, dass sie genau wie bei dem ersten Mord nichts finden würden und auch dieser Tatort clean war. Er hatte es im Gefühl. Danach fuhren die Kommissare völlig durchnässt nach Köln zurück.

Anna ging es inzwischen wieder gut. Es ging ihr sehr gut, denn Peti war wieder da.

»Es hat mit Jens nicht gepasst«, erklärte sie leichthin. Dass sie ihrem Freund den Laufpass gegeben hatte, weil sie in einen anderen verliebt war, brauchte Anna nicht zu wissen. Denn lange hatte Peti nicht vor, bei ihr wohnen zu bleiben. Sie war nur vorübergehend zurückgekommen und wollte nur so lange bleiben, bis sie mit ihrem neuen Freund eine Wohnung gefunden hatte. Für Anna war es wichtig, dass sie nicht mehr alleine war, und die Pleite, die Peti mit dem Kerl erlitten hatte, verbuchte sie zu ihren Gunsten als weiteren kleinen Sieg über die Männer – so nebenbei!

Petra Gärtner rannte gleich zwei Stufen auf einmal nehmend die Treppe hinauf. Hektisch schloss sie die Korridortür auf und blieb außer Atem im Türrahmen stehen. »Anna, Anna, hast du die Zeitung gelesen? Es ist wieder ein Mord passiert! Diesmal an der Wupper-Vorsperre, gleich hier um die Ecke!«, rief sie aufgeregt. »Hier steht, dass es keinen Hinweis auf eine Gemeinsamkeit mit dem Mord von vor zwei Jahren gibt.« Ganz im Eifer des Geschehens pellte sie sich mit fahrigen Händen aus ihrer Jacke und hielt Anna die Zeitung vor die Nase. »Du weißt schon, der schöne Florian! Dieser Mordfall hier ist anders! Es ist ein alter Mann, der auf dem Höchsten wohnt. Die Polizei sucht fieberhaft nach dem Täter, steht hier, und ruft die Bevölkerung auf, sich zu melden, falls wer was gesehen oder gehört hat. Schau doch mal …«

Schmunzelnd hörte Anna zu und sagte: »Du hast ein Talent, mich beim Abendbrot machen mit Mord zu erheitern.«

Peti sah Anna ein bisschen dümmlich an. Sie verstand nicht. »Wie meinst du das? Wieso lese ich dir beim Schnitten bestreichen immer von einem Mord vor? Und wieso erheitert dich das?«

»Erinnerst du dich nicht? Vor ungefähr zwei Jahren hatten wir so eine ähnliche Situation. Das war der Mord an der Bever-Talsperre. Damals hast du mir prophezeit, dass es uns auch treffen könne. Und? Nichts ist passiert. Es werden eben nur Männer umgebracht! Also brauchen wir keine Angst zu haben.«

»Also mir macht es Angst. Der Mörder läuft ja noch rum. Und außerdem ist der Mord wieder in unserer Nähe passiert! Dass du so cool bleiben kannst, kann ich nicht verstehen. Beide Morde sind im Herbst passiert. Da ist es schon früh dunkel und regnerisch, und du musst abends ganz alleine zu Fuß von der Bibliothek nach Hause! Ich meine, du solltest mit dem Auto fahren, auch wenn es nicht weit ist. Du musst mir versprechen, vorsichtig zu sein.«

Jetzt musste Anna lachen. »Pass du mal lieber auf dich auf, Peti.« Sie warf ihrer Freundin noch einen amüsierten Blick zu und verschwand mit der Schnitte Brot in ihrem Zimmer. Sie hatte keine Lust, weiter darüber zu sprechen, denn sie wollte endlich in Ruhe ihr Buch auslesen! Annas Gedanken weilten noch immer bei der Protagonistin Thira, der Herrscherin der Amazonen auf dem Frauen-Planeten Matos. Ihr aktuelles Buch war der neuste Teil einer sehr langen Serie, die sie vor Jahren zu lesen begonnen hatte und deren neuste Fortsetzungen sie immer sofort am Tag des Erscheinens kaufte. Gerade entbrannte der Kampf gegen die Männer. Anna fieberte mit den Amazonen und zog mit ihnen in den Kampf. Deshalb wollte sie sich beim Lesen auf keinen Fall stören lassen, vor allen Dingen nicht wegen eines toten alten Kerls, dazu war das Buch zu spannend!

Durch die geschlossene Tür hörte sie Peti maulen. »Ich finde dich so was von gleichgültig, Anna, damit du es nur weißt!"

Peti musste draußen bleiben. Das Zimmer der anderen war tabu, unaufgefordert durfte niemand zu der anderen hineinkommen. Sie konnte nichts machen. Sie hatten es ausgemacht, als sie damals zusammengezogen waren.

Ich muss Anna sagen, dass ich nach Wipperfürth ziehe, dachte Peti. Laut rief sie: »Ich hätte große Lust, hier wegzuziehen, hier ist man ja seines Lebens nicht mehr sicher!«

Anna lächelte in sich hinein und fühlte sich verdammt wohl, denn sie war eine Siegerin! Aber das Wohlbefinden sollte nicht lange anhalten, denn bald war sie wieder alleine.

Präsidium Köln

Genau wie 1980 beim ersten Mord wurden alle Register gezogen, um herauszubekommen, wer der Mörder war und wo er wohnte. Berger und Kämper konnten sich noch gut an die Ermittlungen von vor zwei Jahren erinnern. Dass sie das Verbrechen damals nicht aufklären konnten, machte die Arbeit jetzt nicht gerade einfacher, auch wenn es nicht danach aussah, als hätten die beiden Fälle miteinander zu tun.

Berger, Kämper und Lübge saßen mit den Kollegen bei ihrer täglichen Besprechung. Sie warteten auf den Staatsanwalt.

»Erfolg gehabt?«, platzte der endlich ins Büro. »Was haben Sie bis jetzt zusammengetragen?« Schwungvoll schloss er die Tür, setzte sich auf einen Stuhl und schaute die Kommissare erwartungsvoll an.

Sie fassten zusammen: »Das Mordopfer war ein alter Mann, der Alfons Remmkel hieß. Er wurde nicht weit von seiner Wohnung erschossen aufgefunden. Die Waffe könnte eine ältere Walther PPK sein, vermutlich aus dem Polizeidienst. Die ballistische Untersuchung hat das bestätigt. Außer Patronenhülsen ist am Tatort nichts gefunden worden«, antwortete Kämper. »Die Kollegen von der Spurensuche haben jeden Grashalm umgedreht.«

»Was ist mit der Familie, Freunde und Bekannten?«

»Wir haben die Adressen aller und sind morgen

wieder in Hückeswagen.«

Nachdem der Staatsanwalt fort war, saßen die drei Kommissare noch eine Weile zusammen, um die nächsten Schritte durchzusprechen.

»Warum, Manfred? Er hatte weder Schmuck noch sonst etwas dabei. Der alte Mann hat nur seinen Abendspaziergang mit dem Hund gemacht. Das ergibt keinen Sinn! Und auch nicht, dass er mit so einer Waffe erschossen wurde. Das kann doch nur ein alter Bekannter gewesen sein. Wer hat schon so eine Pistole zu Hause herumliegen? Ein Nebenbuhler kann es in dem Alter eher nicht sein. Vielleicht hatte jemand noch eine alte Rechnung offen? Doch das Seltsame daran ist, er hat sich im Gebüsch ausgezogen und sich dann mit nacktem Hinterteil in die aufgeweichte Erde gesetzt oder gelegt. Das hat er nicht freiwillig gemacht. Da ist doch wieder so ein Psychopath unterwegs!«

»Keine Anzeichen einer Gegenwehr«, sagte Lübge.

»Noch mal von vorne, Manfred. Ein alter Mann macht im strömenden Regen seinen Abendspaziergang. Aber was wollte er dann nackt in dem Gebüsch?«

»Wenn wir ein Motiv finden, dann finden wir auch den Mörder und diese Frage beantwortet sich vielleicht. Denn der Remmkel hat sich sicher nicht vorher ausgezogen, um sich anschließend im Dreck selbst zu erschießen. Das wäre ihm auch nicht gelungen, denn in die Hände konnte er nicht selber schießen. Außerdem wäre die Waffe da gewesen.«

Jürgen Berger murmelte vor sich hin: »Entweder ist der Mörder wirklich ein Psychopath und krank in der Birne oder … hm. Nee, ich weiß nicht, was ich glauben soll. Wenn der Remmkel jung oder im mittleren Alter gewesen wäre, könnte man etwas anderes vermuten, aber so ein alter Mann?«

»Manche Mörder morden nur, um zu töten, sonst nichts. Ich sag ja, da scheint etwas im Oberstübchen kaputt zu sein. Ein Psychopath, das ist auch meine Meinung!«

»Er lag da, als ob ihn der Blitz getroffen hätte.«

»Eine Kugel!«, sagte Kämper und grinste hämisch. »Besser gesagt mehrere.«

Berger trank seinen Kaffee aus und stellte die Tasse dann krachend auf den Tisch. »Du gehst davon aus, dass der Täter ein Psychopath und männlich ist, Manfred? Es könnte auch eine Frau gewesen sein. Das sieht mir nach einer alten Abrechnung aus. Ein Freund oder Kollege, der was mit ihm offen hatte, eine Ex vielleicht, die sich für irgendwas von früher rächen wollte. Es gibt viele Möglichkeiten.«

»Hm, kann sein! Aber nichts passt zusammen.«

»Es ist zum Verrücktwerden! Der Täter hat ganze Arbeit geleistet. Der Staatsanwalt geht mir mittlerweile auf den Geist. Ich kann mir doch kein Beweismaterial aus den Rippen schneiden, nur damit der gute Mann einen Mord aufklären kann!«, brummte Kommissar Lübge ärgerlich.

»Wenn es nur eine klitzekleine Spur gebe, so hätten wir doch einen Anhaltspunkt.«

Anna

Anna grübelte über Peti nach. Angeblich hatte sie ihren Traummann gefunden und war innerhalb von einer Woche wieder ausgezogen.

Der Arbeitstag war anstrengend gewesen. Die Schmerzen in den Knochen zwangen sie, sich öfter zu setzen. Manchmal war es aber kaum möglich, wenn ihre Beratung gewünscht wurde. Wenn sie doch endlich den Mut für einen Arzttermin haben würde. Doch alleine der Gedanke, dass der Arzt ein Mann wäre, der sie anfassen würde, ließ sie erschaudern.

Anna hatte Feierabend und wollte den mit ihrem Buch krönen. Sie setzte sich in ihren Lesesessel, und genau in dem Moment, als sie es zur Hand genommen hatte und die spannende Stelle fand, an der sie weiterlesen wollte, klingelte es an der Haustür. Sie schaute auf die Uhr, runzelte die Stirn und dachte: *Wer will denn jetzt noch was von mir?*

Wenn sie geahnt hätte, wer vor der Tür stand, hätte sie nicht aufgemacht.

In Gedanken drückte sie auf den Türöffner und …

»O nein«, murmelte Anna vor sich hin, als Petra Gärtner die Treppe heraufkam. Noch im Hausflur plapperte Peti drauflos.

»Ich habe mir solche Sorgen um dich gemacht, Anna. Ich muss dir unbedingt etwas sagen!«

»Na dann komm rein«, sagte Anna. Dabei überlegte sie fieberhaft, was sie für einen Grund angeben könnte, Peti wieder loszuwerden. Doch auf die Schnelle fiel ihr nichts ein. Anna ergab sich in ihr Schicksal, doch es kam keine Freude auf, ihre ehemalige Mitbewohnerin zu sehen.

»Anna, du musst eine Heiratsanzeige aufgeben, damit du nicht mehr alleine bist. Du brauchst endlich einen Mann, der dich beschützt!«

»Aber ...«, stotterte Anna. »Wie kommst du denn darauf?« Sie merkte, wie ihr die Wut in den Hals kroch.

Peti wedelte mit der Zeitung vor Annas Nase herum. Dann zeigte sie auf den Bericht über den Mord an der Wupper-Vorsperre. Empört sagte sie: »Du siehst doch, wie gefährlich das Leben ist. Die Kripo hat den Mörder immer noch nicht gefunden! Wann schlägt er wieder zu? Irgendwann erwischt es eine Frau. Es ist nur eine Frage der Zeit. Wenn du einen Mann an deiner Seite hättest ...«

Jetzt war es Anna zu viel, sie warf Peti einen bitterbösen Blick zu, sodass die einen Augenblick schwieg. Aber dann fing die Gardinenpredigt von vorne an. Anna hörte ihr nicht mehr zu, sondern beobachtete ihre ehemalige Wohnungsgenossin nur. Ihre Gedanken gingen dabei spazieren. *Sie sieht so verdammt gut aus. So zufrieden, obwohl sie sich gerade für mich ereifert.* Nervös strich sich Anna die Haare hinters Ohr. Sie konnte die glückliche Ausstrahlung Petis kaum aushalten. Und als sie erfuhr, dass Peti schwanger war, schlich sich ein Gefühl in ihren Körper, das so gar nichts mit der Sehnsucht nach einem Rache-Mord zu tun hatte. Mit diesem Gefühl kam sie nicht klar, es war schmerzhaft. Anna wurde bewusst, dass sie das Glück, Mutter zu werden und zu sein, nie erleben würde. Für einen Menschen verantwortlich sein, ihn aufwachsen zu sehen, ihn sogar zu lieben ... wie sich das wohl anfühlte?

Die Eifersucht war plötzlich da, zusammen mit der Erkenntnis, etwas in ihrem Leben verpasst zu haben. Die Buchstaben der Zeitung, die vor Anna lag, verschwammen vor ihren Augen. Ihre Stimme klang plötzlich vor Müdigkeit undeutlich. »Eigentlich ist es sinnlos, Peti«, sagte sie schleppend. »Ich habe andere Sorgen. Männer interessieren mich nicht.«

»Ja, aber sei mal ehrlich, Anna. Was könnte der Mörder denn für einen Grund haben, so einen alten Mann umzubringen?«, plapperte Peti weiter.

Da fiel Anna Thira vom Planeten Matos ein, ihre Mitkämpferin und Heldin, die auf ihre Art versuchte, die Männer zu reduzieren. Anna fühlte sich sehr mit ihr verbunden. Ja, sie identifizierte sich mit ihr. Aber sie wollte im Gegensatz zu Thira nur ihre ehemaligen Peiniger aus Kindertagen töten, damit ihre Seele frei war und die Albträume aufhörten. Das alles wusste Peti Gott sei Dank nicht.

Plötzlich hämmerten starke Kopfschmerzen hinter Annas Stirn. Sie trank den Kaffee aus, der vor ihr stand, und schob die Tasse unwirsch in die Mitte des Tisches. Dann stand sie auf, zog ihren Mantel an und ging humpelnd auf die Tür zu.

»Wo willst du hin, Anna?«, rief ihr Peti total verblüfft hinterher. »Eigentlich geht der Besuch und nicht die Gastgeberin«, belehrte sie Anna.

Warum will Peti immer alles so genau wissen und sagt mir, was ich zu tun und zu lassen habe? Sie tut so, als wären wir verheiratet. Ich habe keine Lust mehr, ihr zuzuhören, dachte Anna empört.

Sie ließ Peti sitzen und verließ die Wohnung. Dass sich das nicht gehörte, war ihr gleichgültig.

Ohne Grund spazieren zu gehen, das sah ihr nicht ähnlich. Die Schmerzen in den Knochen machten es auch nicht gerade zum Vergnügen. Doch im Moment hatte sie das Bedürfnis, ihrer ehemaligen Mitbewohnerin entkommen zu müssen, und das konnte sie nur, wenn sie die eigene Wohnung verließ.

Polizeipräsidium Köln

Zuerst wurden Verwandte von Alfons Remmkel gesucht, um sie über seinen Tod zu informieren. Man fand heraus, dass es eine Schwester gab und deren Kinder, aber mit Alfons Remmkel wollte man keinen Kontakt. Von der Schwester bekam die Kripo die Auskunft, dass er schon immer ein schwieriger Mensch gewesen sei und man solle sie mit so einem in Ruhe lassen. Seit Jahrzehnten bestünde schon kein Kontakt mehr, was man selbstverständlich nachprüfen könne. Die Recherche durch die Kripo ergab, dass die Auskunft der Schwester der Wahrheit entsprach.

Die drei Kommissare fuhren nach Hückeswagen. Sie wollten die Nachbarn von Remmkel noch einmal befragen. Dann zur Bibliothek, um das Buch, das sie bei ihm gefunden hatten, zurückzubringen. Gleichzeitig wollten sie die Angestellten der Bibliothek vernehmen. Denn dass beide Mordopfer aus Hückeswagen dort zur Kundschaft zählten, war die einzige Gemeinsamkeit, die sie verband.

Die Kommissare erfuhren von den Nachbarn, dass Alfons Remmkel alleine lebte. Übereinstimmend war auch die Auskunft, dass er nicht beliebt war. Seine Frau war ihm schon in jungen Jahren davongelaufen. Kinder hatte er keine. Sie hatten ihn ab und zu ins Haus gehen und wieder herauskommen sehen, das war alles. Remmkel war unfreundlich und hätte nie gegrüßt. Ein

Nachbar wusste noch, dass er früher bei der Kreissparkasse Wipperfürth als Abteilungsleiter in Sachen Kredite gearbeitet hätte und jetzt im Ruhestand gewesen wäre.

Die Recherche bei der Kreissparkasse brachte außer drei Adressen von ehemaligen Mitarbeitern so gut wie nichts. Sie erhielten die Auskunft, dass Remmkel sich nie hatte etwas zuschulden kommen lassen, ein zuverlässiger Mitarbeiter und ein strenger, aber brillanter Vorgesetzter gewesen war. Da er schon einige Jahre in Pension war, hatte man keinen Kontakt mehr mit ihm.

Die Bibliothek bekam anschließend Besuch von den Kommissaren. Leider erfuhren sie auch dort nichts, was man zur Aufklärung hätte verwenden können. Die drei mussten sich damit abfinden, dass sie nur die Adressen von ehemaligen Mitarbeitern und Kollegen des Toten hatten, um eventuell etwas Licht in die Mordsache zu bekommen. Davon erhoffte man sich einiges, weil nach Aussage der Kreissparkasse zwischen den drei Pensionierten ein Freundschaftsverhältnis bestanden habe.

Bei einer Tasse Kaffee in der ortsansässigen Bäckerei beschlossen die Kommissare, die ehemaligen Kollegen Remmkels aufzusuchen.

»Wenn sich jeder einen vornimmt, sind wir schneller wieder in Köln«, sagte Kämper.

»Wie denkst du dir das, Helga? Wir haben nur ein Auto, und den Wandertag in Hückeswagen habe ich hinter mir«, brummte Berger.

»Wir fahren zusammen mit dem Auto, so lange kann das doch nicht dauern.«

Zuerst fuhren die Kommissare in die Weierbachstraße nahe am Friedhof. Marius Kottner war nicht zu Hause. Als Nächstes fuhren sie in die Marktstraße zur Familie Bertel Schreintler. Sie wurden freundlich von Frau Schreintler empfangen. Während sie in die Küche eilte, plärrte sie laut: »Bertel, Besuch für dich!«

Als Bertel Schreintler die Nachricht vom Tod des ehemaligen Kollegen Remmkel erhielt und wie er zu Tode gekommen war, wirkte er ersichtlich verstört. Ja, er konnte sich kaum beruhigen. Nachdem die Kommissare ihren dünnen Kaffee getrunken hatten, brachen sie auf und fuhren zu Friedhelm Lunkmeyer in den Buschweg beim ehemaligen Krankenhaus Johannisstift, das jetzt zu einer Altenresidenz umgebaut worden war. Die Kommissare standen vor einem gepflegten Eigenheim. Ein immer noch gut aussehender, sportlich wirkender, alter Herr, öffnete die Tür. Auch er war mit den Nerven fertig, als er vom Tod seines Kollegen hörte. Lunkmeyer wurde gefragt, ob er eine Pistole Marke Walter PPK hätte. Genau wie Schreintler erschrak er heftig. Nein, eine Pistole hätte er nicht, teilte er den Beamten mit. Insgeheim nahm er sich vor, seine alte Waffe, die er immer noch in dem Versteck glaubte, zu beseitigen, damit nicht irgendein Verdacht auf ihn fiele. Freundlich brachte er die Kommissare wieder an die Tür und verabschiedete sich.

So schnell es seine Gicht zuließ, rannte er in den Keller, um die Waffe zu suchen. Da er schon eine Ewigkeit nicht mehr dort unten gewesen war, bemerkte er erst jetzt, dass jemand in den abgestellten Sachen gewühlt hatte. Eiskalt wurde ihm, als er die Pistole in dem Versteck nicht fand. Die Gedanken rasten durch seinen Kopf. Er ahnte, wer ihn bestohlen hatte.

Anna

1983 – die Tage wurden kürzer. Regen und Stürme bestimmten jetzt das Wetter. Vor ein paar Tagen hatte es
sogar leicht geschneit. *Das Jahr geht dem Ende zu, aber
das ist nicht das Schlimmste,* grübelte Anna. *Die Träume
sind zurückgekehrt.* Es war an der Zeit, *es* wieder zu tun,
um ihr Seelenheil zu erlangen. Tief in ihrem Inneren
wusste sie, dass es mit den Albträumen so lange weiter
gehen würde, bis sie den Letzten ihrer Peiniger getötet
hatte. Dann hoffte sie, erlöst zu sein.

Anna hatte eine grässliche Grippe hinter sich. Jetzt,
wo sie vorbei war, wollte sich ihr Wohlbefinden nicht
mehr einstellen. Zu den vielen Schmerzmitteln, die ihr
mittlerweile schon auf den Magen schlugen, kamen
noch die Tabletten gegen die Grippe dazu. Immer öfter
musste sie beim Treppensteigen eine Verschnaufpause
einlegen. Die Beschwerden hatte sie sich vermutlich
eingehandelt, weil sie Abend für Abend am Schloss und
in der Marktstraße den nächsten Peiniger ausspioniert
hatte. *Mistkerl Nummer zwei, du bist jetzt an der Reihe,*
dachte Anna. Der Name brannte in ihrem Gehirn. Sie
hatte ihn gesehen, als er aus seinem Haus kam. Und
dann jeden weiteren Abend, immer um dieselbe Zeit.
Seine Vorliebe war es, in Richtung Schloss zu gehen, um
sich ein oder zwei Zigaretten zu gönnen. Wahrscheinlich durfte er zu Hause nicht rauchen, und so befriedigte
er seinen Wunsch eben auf diese Art und Weise.

Im Zimmer war es mittlerweile dunkel geworden. Anna stand auf, schlurfte zum Fenster und schaute hinaus. Im Licht der Straßenlaterne sah sie, wie kleine Schneekristalle vor der Scheibe herumwirbelten. Verschwommen spiegelte sich ihre schmerzgepeinigte, leicht gebeugte Gestalt im Fensterglas.

»Morgen gehe ich wieder arbeiten«, entschied sie. »Außerdem tritt dann der Bücher-Freundeskreis zusammen. Da muss ich unbedingt dabei sein.« Die Wahl eines neuen Vorstandes stand an.

Den ersten Arbeitstag hatte sie hinter sich. Es war ein anstrengender Tag gewesen. Anna hatte wieder zu aller Zufriedenheit die Stunden gestaltet und war als Vorstand bestätigt worden. Jetzt freute sie sich auf ihre warme Wohnung.

»Schon dunkel, dabei ist es gerade mal 18 Uhr«, murmelte sie müde. Als sie vor die Tür der Bibliothek trat, zog sie den Schal fest um ihren Hals. Sie fröstelte ein wenig. *Novemberwetter, typisch!,* ging ihr durch den Kopf. Die innere Unruhe, die sie dauernd quälte, versuchte sie zu überspielen. Anna wusste ja, was es damit auf sich hatte. Sie musste endlich ihren Plan in die Tat umsetzen. Das Glücksgefühl und die Zufriedenheit fehlten ihr. Jeder Peiniger, an dem sie sich rächen konnte, brachte sie der Freiheit und der Macht über die Männer ein Stück näher. Sie brauchte das, um zu überleben.

Der Himmel war dunkel, die Straßen feucht und

schwarz. Eigentlich wollte Anna schnell nach Hause. Doch eine innere Stimme sagte ihr, dass sie dieses Mal einen anderen Weg nehmen solle als den üblichen. Sie schaute noch einmal auf die Uhr. *Das könnte zeitlich hinkommen*, dachte sie. Sie tastete nach ihrer Walther PPK, die sie immer griffbereit in der Handtasche hatte. Die Pistole war sehr handlich, da sie so klein war. Sie musste sie in die Hand nehmen und in der Jackentasche verstecken, um im geeigneten Moment schießen zu können. Aber sie hatte es schon einmal ausprobiert, und es hatte hervorragend geklappt.

Plötzlich war Anna hellwach. Sie lachte grimmig, als sie alleine die Friedrichstraße hinauflief. Durch die Tablette, die sie vorher noch schnell geschluckt hatte, konnte sie ihre Schmerzen eine Weile in Schach halten. Ihr Körper begann zu kribbeln, als ob Sekt durch ihre Adern lief. Sie ging über die Marktstraße in Richtung Schloss. Als sie an einer Straßenlaterne vorbeikam, blickte sie in deren Licht wieder auf die Uhr. Sie hatte noch Zeit, um sich mental vorzubereiten und in Ruhe die Gegend abzuchecken. Bei diesem Wetter und um die Zeit war niemand unterwegs, nur Bertel Schreintler würde seine zwei Zigaretten rauchen wollen.

Langsam ging sie die Steintreppe hinunter in den Rosengarten. Dann zum Rundgang um das Schloss. Vor dem Turm, an einer einsamen Stelle, wartete sie im Lichtschatten der Straßenlaterne. *Wenn Schreintler hier an mir vorbeikommt, wird er seine erste Zigarette bald aufgeraucht haben*, dachte Anna. *Doch zu einer zweiten wird er nicht kommen, dafür werde ich sorgen.* Und dann war es soweit. Rauchend und mit weit ausholenden Schritten kam er den Weg entlang. *Er ist noch gut drauf, der Bertel. Anders als Fonksel Remmkel,* ging ihr durch den Kopf. Anna fühlte die Waffe in ihrer Hand. Der Schalldämpfer saß da, wo er hingehörte.

Bertel Schreintler, die Nummer drei, war jetzt direkt neben ihr und ganz in Gedanken versunken. Anna machte sich bemerkbar, sodass er vor Schreck zusammenzuckte. Er wähnte sich auf dem Rundweg hinter dem Schloss alleine.

Wutentbrannt schnauzte er sie an: »Was soll das? Sind Sie nicht ganz klar im Oberstübchen, mich so zu erschrecken?« Dann stutzte er, als er das herausfordernde Lächeln von Anna sah. Sie konnte ihm seine Verwirrtheit im Schein der Laterne ansehen.

»Hallo Bertel«, säuselte sie. »Erkennst du mich nicht?«

»Was soll die Frage?« Schreintler platzte bald vor Wut. Er wollte auf sie zu stürmen, doch es wurde nur ein Schritt.

Anna hatte alles im Griff. Sie reagierte genauso schnell wie er und hielt ihm die Pistole unter die Nase. »Wage es nicht, mich noch einmal anzufassen, du Schwein!«, zischte sie ihm entgegen, dass ihr Speichel in sein Gesicht sprühte.

Er zuckte zusammen und glotzte sie ungläubig an.

»Ja, da staunst du. Heute kriegst du meine Spucke ab, nicht wie damals, wo dein Geifer mir ins Gesicht tropfte. Aber jetzt zieh dich aus, Bertilein. Ich will deine behaarten Armen sehen.«

»Du spinnst doch, du miese Schlampe«, presste er wutschnaubend hervor. Wieder versuchte er näher zu kommen. Plötzlich machte es plopp, und die Erde staubte vor seinen Füßen. Entsetzt sprang er zurück und rief: »Du bist verrückt!«

»Los«, flüsterte Anna, »zieh dich aus! Und zwar schnell. Ich habe nicht ewig Zeit und Lust, mich mit dir Schwein zu beschäftigen! Und wenn du nicht leiser bist, knalle ich dich sofort ab, verstanden?«

Jetzt begriff er den Ernst der Sache. Mit zitternden Händen zog er seine Jacke und seinen Pullover aus.

»Weiter, Hose runter!«

»Nein, die Hose …« Plopp, machte es. Der Schuss streifte seinen Schuh.

Heulend rief er: »Aber Anna, warum machst du so etwas Schreckliches mit mir?« Dabei liefen ihm Rotz und Tränen übers Gesicht, als er die Hose auszog.

»Du weißt nicht, warum ich das mache, du Schwein? Weil du mir meine Jugend, meine Lebensqualität, mein normales Leben genommen hast. Auf Knien habe ich dich angebettelt, mir nichts anzutun. Geschrien habe ich vor Schmerzen, doch dir lief nur der Sabber aus dem Maul, hast mich ausgelacht. Jetzt wirst du dafür büßen, und ich kann endlich wieder schlafen. Setz dich jetzt hin und kriech rückwärts von mir weg, so wie ich es vor dir aus lauter Angst tat. Los, mach schon! Wenn du schnell bist, überlege ich es mir vielleicht noch mal, dich *nicht* abzuknallen.«

In Windeseile kroch er rückwärts von ihr weg, doch plötzlich machte es ein drittes Mal plopp! Tödlich getroffen sackte er zusammen.

Anna kontrollierte seinen Puls am Hals, ob sie ihn wirklich ins Jenseits befördert hatte. Tief sog sie dann die frische Luft in ihre Lungen. Gleich würde sie die Freiheit spüren, die ihre Brust weit machte. Sie war abermals von einem dieser menschlichen Schweine erlöst! Äußerst klar und ruhig beobachtete sie den toten Mann wie eine Spinne ihr Männchen, das sie nach dem Liebesakt getötet hat. Ein letzter Blick auf die Leiche, dann machte sie sich auf den Weg. So schnell es ihre Schmerzen zuließen, die sich langsam wieder einstellten, lief sie den Rundgang zu Ende, um dann hinunter auf die Bahnhofstraße zu kommen und nach Hause zu gehen.

Kripo Köln

Das alte Team Berger, Kämper und Lübge war auf dem Weg, um die Ermittlungen in einem weiteren Mordfall in Hückeswagen aufzunehmen. Es war der dritte Mord innerhalb weniger Jahre. Wieder ein alter Mann.

»Ich werde verrückt! Voriges Jahr im November sind wir ins Bergische gerufen worden, um einen Mord aufzuklären. Es ist gerade mal ein Jahr vergangen, und der dritte Mord liegt auf dem Tisch. Dabei haben wir nicht einen einzigen aufklären können! Der jetzige Tatort in Hückeswagen muss auf dem Rundweg hinter dem Schloss sein. Was erwartet uns dieses Mal? Was ist denn hier los?« Grimmig starrte Kommissar Jürgen Berger durch die Windschutzscheibe auf die Straße.

Als die Kommissare in Hückeswagen ankamen, fuhren sie die Marktstraße entlang in Richtung Schloss. Weiter hinten war die Straße durch die Polizeifahrzeuge gesperrt.

»Wir lassen das Auto stehen und gehen das letzte Stück zum Schloss zu Fuß. Hab mir schon gedacht, dass es hier verdammt eng ist.«

»Ja, Gott sei Dank regnet es nicht«, brummte Kämper vor sich hin.

Berger parkte das Auto hinter dem letzten Streifenwagen. Jede Menge Schaulustige waren unterwegs, um etwas zu erfahren. Doch die Polizei hatte alles im Griff und jeden Zugang zum Tatort abgeriegelt. Die Wolken hingen dunkel und schwer am Himmel. Ein kalter Wind pfiff durch die enge mittelalterliche Straße.

Helga Kämper sagte fröstelnd: »Im Sommer und bei Sonnenschein stelle ich mir Hückeswagen viel schöner und idyllischer vor. Jetzt säße ich lieber im Präsidium. Es ist schon seltsam, dass die Morde im Bergischen immer am Anfang des Winters geschehen!«

Die Kommissare gingen in Richtung Turm und dann in den Rosengarten. Eine steinerne Treppe führte sie auf dem schmalen Weg hinter das Schloss. Ein Polizist, der kurz vor dem Tatort stand, gab seinen Bericht ab. »Frau Doktor Mengel ist schon da und die Spurensicherung auch.«

Dann standen Berger und Kollegen vor dem Mordopfer. »O nein«, rutschte Berger die Bemerkung heraus. »Wieder dieser kranke Typ!«

»Wer hat ihn gefunden?«, fragte Kämper.

Der Polizist sagte: »Ein älteres Paar. Sie sind mit ihrem Hund gegen acht Uhr heute Morgen Gassi gegangen. Die Frau ist schreiend davongelaufen und der Mann gleich hinterher. Circa zehn Minuten später haben sie die Polizei informiert. Frau Doktor Mengel hat die wahrscheinliche Todeszeit des Mordopfers vor Mitternacht angegeben.«

Die Leiche lag auf dem Rücken, so als ob sie ausruhen wollte. Die Augen weit und ungläubig aufgerissen …

»Der Mann muss seine ganzen Sachen schon vor dem Schuss ausgezogen haben. Der Haustürschlüssel sowie etwas Geld steckten noch in der Hosentasche. Eine Zigarettenkippe liegt daneben.«

»Ähnlich wie bei dem Toten an der Wuppervorsperre. Der hat sich seine Sachen auch vor dem tödlichen Schuss ausgezogen oder ausziehen müssen!«

»Was das nur bedeuten soll?«, sagte Lübge. »Ich hab das Gefühl, dass nicht nur die letzten beiden Morde ähnlich sind, auch wenn der erste hier an einem jungen Mann verübt und der erstochen wurde.«

Auf dem Weg zurück zum Auto wurden Kommissar Berger und seine Kollegen von den Reportern empfangen. Sie spielten auf die Fälle an, die bei der Kripo wohl als ungelöst zu den Akten gelegt worden waren.

»So schnell wird bei der Kriminalpolizei nichts zu den Akten gelegt«, grummelte Berger. »Wir müssen noch eine Reihe von Spuren verfolgen«, sagte er den versammelten Journalisten. Dann nannte er die Nummer des eigens eingerichteten Anschlusses der Einsatzzentrale, obwohl der Wunsch, dass sich ein Zeuge meldet, bestimmt nicht in Erfüllung gehen würde.

Präsidium Köln

Die Diskussion über den Mordfall in Hückeswagen war in vollem Gange.

»Ihr redet immer von *einem* Mörder!«, sagte Kämper zu den Kollegen. »Es könnte genauso gut eine Frau gewesen sein!«

»Das glaube ich nicht, Helga. Welche Frau schleicht um diese Uhrzeit und bei dem Scheißwetter um das Schloss herum? Aber gut, wir müssen alles in Erwägung ziehen.«

»Hm, es war wohl ein Leichtes für den Mörder – oder die Mörderin –, ohne Behinderung der dicken Jacke und des Pullovers die Kugel gut zu platzieren! So wie es aussieht, gibt es bestimmt keine Zeugen«, brummte Berger.

»Was ist mit Fußspuren?«, wollte der Staatsanwalt noch wissen.

»Die Leute von der Spurensicherung sagten, dass nicht viel Brauchbares dabei ist. Sozusagen nichts! Denn nach der Tat muss es noch geregnet haben. Und durch den tagelangen Regen vorher war der Boden sehr aufgeweicht.«

»Deshalb mordet der Kerl auch so gerne im November!«

»Wir brauchen Ergebnisse, Berger«, nervte der Staatsanwalt wieder und zeigte auf die Zeitungen, die sich auf seinem Schreibtisch stapelten.

»Ich weiß«, sagte Berger gepresst und biss die Zähne zusammen. Er war von der Heftigkeit seiner Wut überrascht, die ihn plötzlich packte. Es lag ihm eine bissige Antwort auf der Zunge. Doch im letzten Moment konnte er sie sich verkneifen. Dem Staatsanwalt war es egal, wie sehr er sich abmühte, der wollte nur Ergebnisse, das war klar.

Helga Kämper blätterte in der Zeitung und las ihrem Kollegen Berger laut vor: »Das Mordopfer Bertel Schreintler war verheiratet und im Prinzip ein ruhiger Einzelgänger, sagte seine Frau. Er würde keiner Fliege etwas zuleide tun, berichteten seine Nachbarn gegenüber unserem Journalisten.«

»Und noch etwas, Helga, die beiden letzten Mordopfer haben etwas gemeinsam. Sie waren Kollegen und haben beide in Wipperfürth an der Kreissparkasse gearbeitet, während der erste Mord keinerlei Ähnlichkeit mit diesen hat.«

Die Mordkommission aus Köln durchsuchte in Hückeswagen und Umgebung die Gassen, Straßen und Häuser. Und wieder fanden sie nicht einen Krümel, der zur Aufklärung des Mordes beigetragen hätte. Die Fußspuren am Tatort konnte man nicht verwerten. Der Regen hatte tatsächlich alles zerstört. Das Einzige, das noch bedacht werden sollte, war, dass der Mörder womöglich eine Frau sein könnte. Aus welchen Motiven die Morde geschehen waren, war unklar. Der Gedanke, dass es sich um einen Psychopathen handeln könnte, geisterte immer öfter durch die Gedanken der Kommissare. Sie waren mehr als unzufrieden. Eine Aufklärung der Mordfälle schien unmöglich zu sein.

Mord am Schloss in Hückeswagen. Monatelang gab es kein anderes Gesprächsthema in der Kleinstadt. Sobald der Abend anbrach, wagte sich niemand mehr alleine auf die Straße. Denn wenn schon unbescholtene Bürger ermordet wurden, konnte es mit Sicherheit jeden treffen, glaubte man.

Anna

Ein kräftiger Wind peitschte den Regen in wütenden Böen prasselnd an Annas Fenster. Man hätte meinen können, dass er hereinwollte, um sie wachzurütteln, endlich ihr Leben in den Griff zu bekommen. Doch das wäre vergebliche Mühe gewesen.

Anna saß in ihrem Lesesessel und weilte in ihrer Fantasiewelt. Wenn sie in ihren Lesestoff abgetaucht war, konnte sie fast nichts stören. Die kriegerischen Amazonen vom Planeten Mathos waren auf dem Männerplaneten Orja gelandet. Annas Körper vibrierte, denn Thira fesselte in dem Moment den obersten Herrscher von Orja. Nun war sie gespannt, wie ihre Heldin den Mann quälen würde und ...

Das Telefon klingelte! Durch das ständige Geräusch musste sich Anna mühsam aus der Welt der Amazonen in die reale Welt kämpfen und auftauchen. Ärgerlich! Noch gefesselt von der Spannung der Geschichte, griff sie nach dem Hörer.

»Endlich, Anna«, plärrte ihr Petis Stimme aus dem Telefon entgegen. »Ich war schon etliche Male an deiner Tür und habe dir dann eine Nachricht in den Briefkasten gesteckt. Warum meldest du dich nicht? Wie geht es dir überhaupt?« Die Worte sprudelten nur so über Petra Gärtners Lippen.

Einsilbig beantwortete Anna ihre Fragen.

»Hast du in der Zeitung gelesen, Anna, dass schon wieder ein alter Mann umgebracht wurde? Ich fasse es nicht! Was sagst du denn dazu?«

»Ach weißt du, in der Zeitung stehen dauernd solche Sachen. Es interessiert mich nicht besonders, Peti.«

»Aber Anna, es passiert fast vor deiner Haustür! Und so groß ist Hückeswagen nicht! Hast du denn keine Angst? Denk nur an die anderen Morde, die alle in Hückeswagen geschehen sind. Sie sind nie aufgeklärt worden!«

»Ach, das ist doch Quatsch! Nur Männer sind ermordet worden, nicht eine einzige Frau! Also brauche ich keine Angst zu haben, verstanden? Und nun lass mich mit diesem Unsinn in Ruhe«.

Peti war von ihr mal wieder enttäuscht, das konnte Anna ganz deutlich merken. Sie hatte sich bestimmt gefreut, sie endlich erreicht zu haben, und wurde nun von ihr abgewürgt. Doch sie musste verstanden haben, dass Anna nicht mehr darüber reden wollte. Nach ein paar belanglosen Worten legte sie auf. Und Anna konnte wieder mit den Amazonen gegen die Männer kämpfen.

1985

Zwei Jahre lag der letzte Mord nun schon zurück. Anna musste wieder Pläne schmieden. Die quälenden Albträume drangsalierten sie so sehr, dass sie kaum noch schlafen konnte. Alfons Remmkel und Bertel Schreintler waren tot. Zwei Peiniger warteten noch auf ihre Rache. Jetzt war der hibbelige, dürre Marius Kottner dran, der mit der dünnen Fistelstimme und dem meckernden Lachen, das so grausam geklungen hatte, wenn er sich über Anna her machte. Wenn sie daran dachte, standen ihr die Haare zu Berge.

Anna war gereizt und zankte sich wegen jeder Kleinigkeit mit ihren Mitarbeiterinnen herum. Sie musste sich ermahnen, besonnener zu sein. Denn sie durfte auf keinen Fall auffallen. Immer öfter musste sie zu den Schmerztabletten greifen. Manchmal hatte sie das Gefühl, dass es ihrem Herzen nicht guttat, so viele Tabletten zu schlucken. Doch zum Arzt zu gehen schob sie immer wieder hinaus. Denn die meisten Ärzte waren eben Männer!

An einem Tag Anfang November hatte es bis Mittag geregnet. Zum Abend hin hörte es endlich auf. Schon seit September hatte Anna Marius Kottner beobachtet und seine Gewohnheiten studiert. Sie hatte herausbekommen, dass er jeden Tag auf den Friedhof ging, um das Grab seiner Frau zu pflegen. So sah es wenigsten am Anfang aus. Doch dann stellte Anna fest, dass er sich bei beginnender Dunkelheit dort ein bis zwei Mal in der Woche mit einer Frau traf, die wahrscheinlich verheiratet war, denn warum trafen sie sich sonst in aller Heimlichkeit? Kottner wartete dann auf einer Bank in einem kleinen Unterstand auf sie. Das Häuschen stand etwas abseits vom Friedhof und war fast von Sträuchern überwuchert. Wenn sich die beiden trafen, kasperte Kottner um die Frau herum, dass es schon lächerlich war. Sein meckerndes Lachen schien der Frau jedoch zu gefallen.

Anna erinnerte dieses Lachen an den Missbrauch, den er an ihr begangen hatte. Sie hatte Kottner jedes Mal angefleht, er möge aufhören sie zu quälen. Doch das hatte ihn nur noch mehr angestachelt!

Annas Peiniger ging dann mit der Frau zu seiner Wohnung, die sich gleich neben dem Friedhof befand. Ungefähr eine Stunde später brachte er sie wieder bis zum Ende des Friedhofs. Anschließend kam er denselben Weg zurück. Anna spürte Übelkeit in ihrem Magen. Wie konnte diese Frau mit so einem Ekelpaket zusammen sein? *Aber warte, mein Lieber, dieses Vergnügen werde ich dir noch versüßen,* dachte sie.

Heute musste Anna lange warten. Schlecht gelaunt wollte sie den Weg schon wieder zurückgehen. Plötzlich kam ihr Marius Kottner entgegen. Anna schaffte es gerade noch, sich in dem kleinen Unterstand zu verstecken. Sie sah, wie er sich umdrehte und zurückwinkte. Sie wusste, dass er und sie nun alleine auf dem Friedhof waren. Dazu war sie lange genug jeden Weg abgegangen. Als er auf ihrer Höhe angekommen war, trat Anna ihm in den Weg.

»Bleib stehen, du Kinderschänder«, rief sie.

Kottner erschrak dermaßen, dass er augenblicklich anfing zu zittern.

»Anna schnauzte ihn an: »Ein Ton, und ich knall dich sofort ab.«

Genauso entsetzt wie seine Kumpel zuvor starrte er auf die Pistole, die Anna ihm vors Gesicht hielt.

»Los Kottner, hinter den Unterstand, sofort, und keinen Mucks!«

Er kam ihrer Aufforderung sofort nach und fiel vor Aufregung der Länge nach in den vom Regen aufgeweichten Friedhofsdreck!

»Weiter«, knurrte Anna.

Auf allen vieren kroch er nun hinter die Bretterbude. Mit seiner hohen Fistelstimme fragte er schüchtern, ob es eine Verwechslung war, er hätte nichts gemacht. Wie ein Ziegenbock meckernd heulte er auf, dass es Anna nur so grauste. Die Erinnerung schlug über ihr zusammen. *Schnell muss es gehen, ich kann das Schwein nicht ertragen,* dachte sie.

»Ausziehen!«, zischte sie.

Fragend guckte er stumm vom Boden hoch. Plötzlich erkannte er sie. »Anna!«, flüsterte er.

»Da staunst du, du Schwein«, sagte sie und fuchtelte mit der Pistole herum. »Mach schnell, sonst knall ich dich ab.«

Mit fahrigen Händen riss er sich die Kleider vom Leib und hockte dann zitternd auf dem Boden.

»Los, kriech rückwärts ins Gebüsch.«

In Windeseile wollte er sich in Sicherheit bringen. Doch Anna konnte es nicht mehr aushalten. Sie drückte ab. *Plopp* machte es, und ihr Peiniger sank in sich zusammen. Anna wartet einen Augenblick, dann musste sie sich überwinden, nachzusehen, ob er auch wirklich tot war. Es war mittlerweile so dunkel geworden, dass sie auf Verdacht, auf den Punkt geschossen hatte, der ihm den Weg in die Hölle bescheinigte.

Gefährlich waren jetzt die Fußabdrücke, doch mit einem Zweig verwischte sie die. Der Regen wird das Übrige machen, dachte sie. Ihre schmerzenden Knochen kündigten ihn an. Vorsichtig spähte sie hinter dem Unterstand hervor. Um diese Zeit hatte wirklich keiner mehr etwas auf dem Friedhof zu tun. Humpelnd ging sie dann am Weyerbach entlang, um auf dem schnellsten Weg nach Hause zu kommen. Erst eine Tablette, damit sie dieses starke Gefühl des Sieges auch bis in die kleinste Pore ihres Körpers spüren konnte. Sie wollte es auskosten und auf sich wirken lassen. Es störte sie nicht einmal, dass ihre Schuhe völlig aufgeweicht waren.

Kommissariat Köln

Kommissar Jürgen Berger setzte sich an seinen Schreibtisch und starrte auf die Pinnwand. Er hatte alle Morde, die in Hückeswagen begangen worden waren, fein säuberlich in Bildern und Notizen daran geheftet. Der Grund, auch die Fälle von 1980, 1982 und, 1983 noch einmal zu bearbeiten war, der nun vierte Mord in der Kleinstadt! Für ihn war klar, dass es immer derselbe Täter war. Aber warum waren es immer alte Männer, bis auf den ersten, und warum waren sie nackt, bis auf den ersten, und warum wurden sie alle erschossen, bis auf den ersten? Er war sicher, dass es nur einen Mörder gab, der in Hückeswagen sein Unwesen trieb, dass eine Person für all diese Toten verantwortlich war. Alles andere wäre ein unvorstellbarer Zufall gewesen, zu unvorstellbar für eine Kleinstadt, wie Hückeswagen.

Sein Kollege Manfred Lübge kam ins Büro herein und knallte die Tageszeitungen auf den Tisch. »In der Bergischen Morgenzeitung steht: *Gesellt sich der Mord zu den ungeklärten Fällen aus der Vergangenheit?* Und hier im Remscheider-Anzeigen-Kurier: *SCHLÄGT DER SERIENKILLER WIEDER ZU? Bestialischer Mord!* Da geht mir der Hut hoch!«

»Reg dich nicht so auf, Manfred. Du weißt, dass die Zeitungen immer so schreiben, das ist doch normal. Schließlich ist es ihr Brot! Und die Leute erinnern sich wieder an die ungeklärten Mordfälle! Aber im Ernst, als ich die Leiche heute Morgen am Tatort sah, fiel mir sofort die Ähnlichkeit mit den anderen Fällen auf. Diese alten nackten Männer, die miteinander zu tun haben, obwohl sie sich jahrelang nicht mehr gesehen haben, aber in jüngeren Jahren Arbeitskollegen waren. Ob es damit zusammenhängt? Irgendwas mit Geld und der Kreissparkasse? Ein gemeinsames Ding vielleicht? Aber wie passt der Schaffner da rein?«

»Schon möglich, dass das Motiv da begraben liegt, aber wir haben alles gecheckt. Die drei sind nie auffällig gewesen in ihren gemeinsamen Jahren in der Bank oder haben irgendwas zusammen gedreht. Es gab keine Unterschlagungen oder Kundenbeschwerden gegen sie wegen irgendwas, und sie waren alle in verschiedenen Abteilungen tätig. Wo sollen wir da noch graben?«

»Mhm. Und die Jahreszeit, Manfred. Alle Morde wurden in den letzten zwei, drei Monaten des Jahres begangen.«

»Ja, ein Serienmörder plant seine Verbrechen zumeist im Voraus. So wie zum Beispiel immer zur selben Zeit, hier im Herbst-Winter, vielleicht weil man dann die Spuren draußen nicht so verfolgen kann. Er verlangt Unterwerfung von seinen Opfern und tötete sie auf grausame Weise. Ein nicht planender Mörder hingegen schlägt spontan zu und läuft nicht ständig mit einer Waffe herum, um sie bei Gelegenheit zu benutzen. Er benutzt keine bestimmte Waffe, sondern nimmt das, was gerade zur Verfügung steht, für ihn greifbar ist. Ein

Holzscheit, einen Stein, ein Messer … was weiß ich.«

»Die Morde sind zwar gut durchdacht ausgeführt worden, doch dann zum Schluss irgendwie im Affekt geschehen. Wären sie nicht gut durchdacht gewesen, hätte die Spurensicherung etwas finden müssen«, sagte Helga Kämper. Leise fügte sie hinzu: »Meiner Meinung nach sind alle Mörder selbst schon einmal emotional ermordet worden.«

»Fakt ist, wir tappen auch hier weiterhin im Dunkeln«, gab Lübge seinen Kommentar dazu.

»Hoffentlich fassen wir diesen abartigen Menschen endlich, bevor er noch mehr Unheil anrichten kann«, sagte Berger matt.

Kämper lachte leicht hysterisch dazu.

Ein paar Minuten lang herrschte Schweigen. Sie hörten dem Regen zu, der heftig an die Fenster trommelte. Berger sah den kleinen Bächen nach, die sich auf der Scheibe gebildet hatten, dann schaute er auf die Bäume vor dem Fenster, deren Äste sich unter der Last der nassen Blätter beugten.

Es war wieder eine harte Arbeit für die Polizei. So mancher, den man als Zeuge vermutete und befragte, gab einen bissigen Kommentar ab. Seit dem Mord an Alfons Remmkel tauchte die Polizei auch immer wieder bei Friedhelm Lunkmeyer auf. Anfangs nur, weil es eine berufliche Verbindung zwischen den beiden gegeben und man gehofft hatte, Lunkmeyer wisse etwas mehr über das Privatleben seines früheren Kollegen, mit dem er auch privat befreundet gewesen war. Später wurde gemutmaßt, dass er es womöglich war, der seine Kumpel aus irgendeinem Grund erschossen habe. Doch Lunkmeyer war gesundheitlich zu stark angeschlagen, als dass er als Mörder infrage gekommen wäre, was durch Krankenakten auch bestätigt worden war. Zudem waren seine Hände derart von der Gicht entstellt, dass er unmöglich eine Waffe würde abfeuern, geschweige denn damit gut zielen konnte. Und außerdem gab es zwischen ihm und Schaffner, dem ersten Mordopfer, keinerlei Verbindung. Er war als Mörder unwahrscheinlich.

Lunkmeyer konnte vor lauter Angst nicht mehr schlafen. Bei jedem Geräusch, das er nicht sofort einordnen konnte, dachte er, Anna wäre nun gekommen, um ihn zur Verantwortung zu ziehen. Er war sich sicher, dass er eines Tages auch dran glauben musste. Er hätte der Polizei einen Wink geben können, doch dann wären die alten Männer als Kinderschänder an den Pranger gekommen. So reifte der Gedanke in Lunkmeyer, sein Haus zu verkaufen und in das Seniorenheim zu ziehen, das in seiner Nähe lag. Dorthin würde sich Anna nicht wagen, hoffte er.

Da die Kripo auch diesen Mord nicht aufklären konnte, wurden Stimmen laut, dass die Polizei unfähig sei. Oder dass sie sich in einer Kleinstadt einfach nicht genug Mühe gaben. Dabei liefen die Ermittlungen genauso ab wie in jeder anderen Stadt. Es lag am Erfolg oder Misserfolg, wie wohlgesonnen die Leute der Polizei gegenüberstanden. Seit Langem war die Mordkommission zu der Überzeugung gekommen, dass es sich bei den Taten in Hückeswagen um einen Psychopathen handeln musste, der ausschließlich dort sein Unwesen trieb. Es gab keinerlei Ähnlichkeiten mit den anderen begangenen Morden im näheren und auch bundesweiten Umfeld.

Sommer 1990

Ein anstrengender Tag in der Bibliothek ging auf den Feierabend zu. Anna gähnte, sie nahm ihre Tasche, um nach Hause zu gehen. Es war noch sehr warm. Als sie zu Hause ankam, stellte sie sich mit einem Glas Wasser ans Fenster, schluckte ihre Schmerztablette und schaute einem Gärtner zu, der auf der hinteren Seite des Hauses den Rasen mähte. Die Sonne des frühen Abends wärmte sie durch das Fenster hindurch. Die Geräusche klangen gedämpft zu ihr herauf. Diese Idylle konnte sie kaum ertragen. Das Bild des Gärtners erinnerte sie daran, wie es gewesen sein könnte, ein eigenes Haus und Familie zu haben. Mit einer leichten Übelkeit im Magen drehte sie sich um und ging auf ihren Sessel zu.

Ach, was ist nur aus mir geworden, grübelte sie verzagt. Mittlerweile war sie schon fünfunddreißig Jahre. Anna verbot sich, weiter darüber nachzudenken, doch das war nicht so einfach! Die Gedanken machten wieder, was sie wollten. Selber im eigenen Garten herumwerkeln. Vielleicht ein Kind aufziehen? Ob sie das geschafft hätte? Peti fiel ihr ein. Wie glücklich sie aussah, als sie ihr einmal ein Foto von der kleinen Tochter gezeigt hatte. Das Bild hatte sich in ihr Gedächtnis eingegraben. Die Gedanken quälten sie weiter.

Wenn ich ein Kind bekommen hätte? Wäre ich damit klargekommen? Sicher nicht! Dazu hätte ich mit diesen Kerlen schlafen müssen. Schon der Gedanke daran ließ

Anna würgen. Aber durch das schlechte Gefühl konnte sie die Sentimentalität schnell überwinden.

Seit ein paar Tagen und Nächten ging es ihr nicht gut. Sie grübelte viel über ihr verpfuschtes Leben nach. Eigentlich sollte sie zufrieden sein. Drei ihrer Peiniger hatte sie ins Jenseits befördert. Und obwohl sie insgesamt vier Morde begangen hatte, war die Polizei nie auf die Idee gekommen, dass sie damit zu tun haben könnte. Doch die verdammten Träume fingen wieder an.

Anna strich sich eine Locke hinters Ohr. Fünf Jahre war es gut gegangen, sie dachte schon, dass es vorbei wäre, obwohl der, der an ihrem verpfuschten Leben schuld war, noch lebte. Eigentlich hätte er als Erster dran glauben müssen. Denn mit ihm hatte schließlich alles angefangen. Lunkmeyer war jetzt um die achtzig Jahre alt. Sie musste sich beeilen. Wenn er starb, weil er alt oder krank war, würde sie ihre Pein vielleicht nie überwinden können. Sie musste es noch einmal tun, damit sie halbwegs normal leben konnte! Anna war in den vergangenen Jahren schon mehrmals um das Haus ihres Erzeugers geschlichen. Nie hatte sie ihn angetroffen, geschweige gesehen. Später bekam sie in der Bibliothek ein Kundengespräch mit. Die Leute sprachen über den ehemaligen Angestellten der Kreissparkasse in Wipperfürth, Herrn Lunkmeyer. So erfuhr sie, dass er im Seniorenheim Friedensruh eingezogen sei, das ehemalige Krankenhaus zum Johannisstift.

Sofort fiel Anna die Walther PPK ein, die fein

geborgen in ihrer Schachtel lag. Wäre es nicht das Größte überhaupt, ihn mit seiner eigenen Waffe zu töten? Dann hätte sie alle Kinderschänder ausgerottet. Jedenfalls all jene, die ihr Leben verpfuscht hatten. Dann müsste es ihr doch endlich besser gehen. Es gäbe dann niemanden mehr, der ihr etwas Schlechtes angetan hatte.

So schmiedete Anna zum letzten Mal Pläne. »Es muss der perfekte Plan sein. Niemals darf mich die Polizei verhaften«, flüsterte sie vor sich hin.

Die Nachricht über einen Mord im *Seniorenheim Friedensruh* schlug wie eine Bombe bei der Bevölkerung in Hückeswagen ein! Die Unruhe in der Bevölkerung kannte keine Grenzen. Die Gerüchteküche kochte, die Meldungen in Funk und Fernsehen überschlugen sich. Hatte der Serienkiller schon wieder zugeschlagen?

Die ansässige Zeitung berichtete: *Am 15. August 1990, fünf Jahre nach dem letzten Mord, fanden Mitarbeiterinnen des Seniorenheims die Leiche eines achtzigjährigen Bewohners. Der Senior wurde genauso brutal erschossen wie die drei Opfer 1982, 1983 und 1985. Nur war dieses Mal die Leiche nicht unbekleidet. Während der erste Mord 1980 an einem jungen Mann verübt wurde, fand man heraus, dass die vier späteren Opfer ehemalige Mitarbeiter der Kreissparkasse in Wipperfürth waren. Man mutmaßte, dass sich ein Kunde rächen wollte. Die Kriminalpolizei steht vor einem Rätsel. Das letzte Mordopfer hatte keine Verwandten, Freunde oder Bekannte, so lautete die Aussage einer Angestellten aus dem Seniorenheim Friedensruh unserem Reporter gegenüber. Begonnen hatte die Mordserie 1980. Ein junger Mann wurde in der Feriensiedlung an der Bever-Talsperre in seinem Haus erstochen. Dieses Verbrechen weicht in Ausführung und vom Täterprofil von den folgenden Morden ab, die dann jedoch in fast regelmäßigen Zeitabständen begangen wurden. Ob tatsächlich Zusammenhänge bestehen, ist unklar, kann aber nicht ausgeschlossen werden.*

Ähnliche Meldungen plärrten schon morgens aus dem Radio und wiederholten sich den ganzen Tag. Auch im Fernsehen auf allen Kanälen verkündete man von den grausigen Morden in Hückeswagen. Dabei kam die Aufmerksamkeit am ersten Mord, an Florian Schaffner, zu kurz. Das wurde nur nebenbei erwähnt. Anscheinend war es interessanter, dass drei nackte alte Männer, die früher eine gute Stellung bei der Kreissparkasse Wipperfürth innehatten, erschossen wurden – alle auf dieselbe Art und Weise und mit derselben Waffe. Da musste es doch einen Zusammenhang geben!

Kommissariat Köln

Am Tag nach der Mordnacht setzte sich Kommissar Jürgen Berger an seinen Schreibtisch und starrte auf die Pinnwand. Er hatte wieder alle Morde, aus Hückeswagen fein säuberlich in Bildern und Notizen daran geheftet. Der Grund, alle noch einmal zu bearbeiten, war der aktuelle Tote.

»Friedhelm Lunkmeyer!«, brummte der Kommissar vor sich hin. Er war nach wie vor überzeugt, dass sich hinter allen Tötungsdelikten ein und derselbe Täter verbarg. Aber wie passte der junge Schaffner da rein? Er hatte mit den anderen, die bei der Kreissparkasse gearbeitet haben und viel älter waren, nichts zu tun gehabt. Und er war erstochen und nicht erschossen worden. Das war nach wie vor die große Frage! Der Mörder hatte vielleicht beim ersten Mal im Affekt gehandelt und sich gedacht, dass er, wenn er sich den nächsten vornahm, mit einer Pistole weniger Spuren hinterließ, obwohl er beim ersten Mord schon verdammt aufgepasst hatte. Und was bedeutete es, dass der jüngste Mord im Sommer und nicht spät im Jahr verübt worden war?

Die Mitarbeiter des Seniorenheims *Friedensruh* waren mit den Nerven runter. Die Heimführung hatte versucht, den Mord vor den Bewohnern erst einmal geheim zu halten. Doch die Neuigkeit verbreitete sich wie ein Lauffeuer. Die Angehörigen der alten Leute und die Senioren selber hatten Angst und waren kaum zu beruhigen. Die Altenpflegerin, die Friedhelm Lunkmeyer gefunden hatte, musste noch in der Nacht mit Schock ins Krankenhaus eingeliefert werden.

Helga Kämper versuchte, anhand der Papiere des letzten Opfers herauszubekommen, was er für ein Leben geführt hatte. Dass er bei der Kreissparkasse Wipperfürth angestellt war und jetzt im Alter an einer schweren Form von Gicht litt, hatte die Kripo schon, durch die Vernehmungen der in der Vergangenheit begangenen Morde an seinen Freunden und Mitarbeitern herausbekommen. Die Auswertung der ersten Zeugenvernehmung im Mordfall Lunkmeyer lag auf dem Schreibtisch.

»Manfred und ich fahren jetzt zum Altenheim nach Hückeswagen, kommst du mit, Helga? Wir wollen uns dort noch einmal umschauen und die Ein- und Ausgänge ansehen.«

»Geht nicht. Ich sortiere gerade die alten Kontoauszüge vom Lunkmeyer. Ein Glück, dass er sie alle aufbewahrt hat.«

»Gut, dann machen wir uns jetzt auf den Weg.«

Es nieselte leicht, als die Kommissare den Parkplatz überquerten und auf das Auto zugingen. Eilige, schlurfende Schritte klangen hinter ihnen auf dem Asphalt wieder.

»Kommissar Berger, Kommissar Lübge, warten Sie! Ich habe eine Nachricht für Sie. Als Sie gerade aus der Tür waren, hat sich ein Zeuge gemeldet. Kommissarin Kämper meinte, ich solle es Ihnen noch mitteilen.

Vielleicht ist das wichtig, weil Sie doch gerade nach Hückeswagen fahren wollen«.

Holger Wertmann, der die Botengänge im Polizeipräsidium erledigte, hastete völlig außer Atem auf Kommissar Berger zu. Ein grimmiges Knurren folgte auf seinen Ruf.

Warum kann ich den Kerl nicht leiden? Diese Fistelstimme jagt mir jedes Mal einen Schauer über den Rücken!, dachte Berger. Doch betont ruhig drehte er sich um, während Lübge seinen Weg fortsetzte. Berger musste sich wie immer zu einem kleinen, erwartungsvollen Lächeln zwingen, wenn er Holger Wertmann begegnete. *Der junge Spund, tut schließlich nur seine Pflicht*, beschwichtigte er sich selbst.

Wertmann hielt dem Kommissar demütig einen Zettel unter die Nase, auf dem in unleserlicher Schrift irgendeine Adresse gekritzelt war. Mit hoher Stimme lispelte er: »Der Zeuge, der mit seinem Hund an dem Mordabend so gegen 23.45 Uhr Gassi ging, will eine Person gesehen haben, die leicht humpelnd aus der Seitentür des Altenheimes herausgekommen ist. Der Mann wunderte sich, weil die Person in einen schwarzen Umhang gekleidet war und eine Kapuze über den Kopf gezogen hatte, obwohl es weder kalt noch windig war oder geregnet hatte. Er meinte, die Person sei, obwohl sie humpelte, *gehuscht*.«

Kommissar Berger krauste die Stirn. »So so, gehuscht …«, äffte er Holger Wertmann nach. Dieser

Stimme so lange zuzuhören, das war eindeutig zu viel für ihn. Er nahm ihm den Zettel aus der Hand, schaute kurz darauf und sagte: »Herr Wertmann, wenn Sie mir jetzt noch die Adresse leserlich übersetzen, kann ich damit auch etwas anfangen.«

Wertmann beeilte sich, den Wunsch des Kommissars zu erfüllen. Berger nahm den Zettel wieder an sich und ging mit schnellen Schritten auf das Auto zu, in dem sein Kollege auf ihn wartete. Holger Wertmann schlurfte eilig zum Präsidium zurück.

Gott sei Dank hatte der Regen wieder aufgehört. Als die Sonne scheu hinter den Wolken hervorblinzelte, war es der Jahreszeit entsprechend sofort wieder warm. Aus Richtung Remscheid kommend fuhren Berger und Lübge auf der Kreisstraße K1 in Richtung Hückeswagen. Zwischen Wiesen und Feldern schlängelte sich die Straße den Berg hinauf. Dann ging es wieder abwärts in die Stadt hinein. Idyllisch lag Hückeswagen im Tal, eingesäumt von der Natur.

Als Berger von der Bachstraße in den großen Kreisverkehr einbog, schien die Sonne auf ein üppiges Blumenmeer, mit dem die innere Fläche bepflanzt war.

»Prächtig«, entfuhr es Lübge. Die Schönheit der Pflanzen war ihnen in der Mordnacht nicht aufgefallen, als sie hier entlang zum Altenheim fuhren.

Zwei Ausfahrten weiter verließen sie den Kreisverkehr und fuhren kurz danach die Auffahrt zum Seniorenheim hinauf. Dort angekommen, unterbrachen die beiden Kollegen ihr Gespräch und betrachteten das Gebäude. Das Haus präsentierte sich am Tag anders als in der Nacht. Die Sonne hatte alles schön herausgeputzt. So ohne Weiteres kam bei diesem Anblick niemand darauf, dass hier ein Mord geschehen war.

Berger wollte aussteigen und zum Altenheim gehen, während Lübge laut las: »Friedensruh.« In dem Moment klingelte das Autotelefon. Er meldete sich. »Was sagst du? Ja gut, dann können wir hier gleich danach fragen. Warte Helga, wie heißt sie denn? Hm, ja, hab ich notiert. Danke.« Er legte auf und sagte: »Manfred, Helga hat in den Kontoauszügen des alten Lunkmeyers Alimente-Zahlungen entdeckt, die darauf hinweisen, dass er eine Tochter hat.«

»Hm, das ist ja interessant. Als ich in der Nacht bei der Vernehmung nach seinen Angehörigen fragte, sagte die Schwester Oberin, dass er keine habe. Und nun hat er plötzlich eine Tochter?«

»Na, wenigstens könnte etwas Bewegung in die Sache kommen.«

Die Kommissare konzentrierten sich wieder auf den Eingangsbereich des Heimes. Er war großzügig angelegt und hinterließ sofort ein angenehmes Gefühl bei den Besuchern. Die sternförmig verlegten, hellen Bodenfliesen luden förmlich zum Eintreten ein. Große Fenster zur linken Seite ließen viel Licht herein. Lange weiße Gardinen bauschten sich leicht durch den Wind eines geöffneten Fensters. Ein angenehmer Duft von den davor gepflanzten Rosen kitzelte die Nasen der Kommissare und ließ sie tief einatmen. Pflanzen und freundliche Sitzmöbel erzeugten im Innenbereich den Eindruck, in einer feudalen Hotelhalle zu stehen. Bestätigt wurde der Eindruck, als sie zur Rezeption schauten, die sich zur rechten Seite des Raumes zwischen zwei Säulen an die hintere Wand schmiegte. *Wenn in ein Altenheim, dann hier hin,* dachte Kommissar Berger spontan. Doch das hatte noch etwas Zeit.

»Gefällt Ihnen unsere Altenresidenz?«, sagte eine Frau, die die beiden Kommissare beobachtete.

Berger ging auf die junge Frau zu, die sie angesprochen hatte. Er sagte: »Einen guten Tag wünsche ich Ihnen. Mir scheint, Sie haben sich einigermaßen von dem Schrecken erholt, den der Mord hier im Haus ausgelöst hat, Frau …« *Oh, wie heißt sie noch gleich,* grübelte er und versuchte unauffällig auf das Namensschild der jungen Frau zu schielen, welches an ihrem üppigen Busen hing.

»Frau Esser«, half Lübge. Der Kommissar lächelte verbindlich. Zerstreut strich er sich die Jacke glatt.

»Mein Kollege und ich hatten uns für heute bei Ihnen telefonisch angemeldet.«

»Ja, Sie waren hier zur Vernehmung. Ich kann mich an Ihre Gesichter erinnern«, flüsterte die junge Frau. »Wir sind alle sehr entsetzt und unglücklich über den Vorfall. Die Polizei in *unserem* Haus!«, hauchte sie betrübt. »Der ruhige, alte Herr Lunkmeyer hat doch niemandem etwas getan und wird dann so einfach erschossen. Wer macht denn so etwas?«

»Um das herauszukriegen, sind wir hier. Wir gehen noch mal in Ruhe alles durch, damit wir nichts übersehen, Frau Esser.«

»Aber Sie haben uns doch schon alle verhört. Was soll ich denn jetzt noch dazu sagen?«

»Nun, es kann sein, dass Ihnen noch etwas eingefallen ist, was Sie in der Aufregung nicht für wichtig gehalten haben.«

Die Kommissare machten es sich in den gemütlichen Sesseln bequem, während die Altenpflegerin etwas zu trinken holte. Mit vor Anstrengung hochrotem Gesicht kam sie zurück und balancierte drei Tassen Kaffee auf einem Tablett vor sich her. Ihre Hände zitterten so sehr, dass sich Berger und Lübge schon Sorgen um den Kaffee machten. Ob er es bis zu dem kleinen Tisch schaffen würde?

Der Kaffee schaffte es, und Frau Esser setzte sich den Kommissaren gegenüber. Sie knetete nervös ihre Hände und schaute erwartungsvoll von einem zum anderen. Es kam nicht jeden Tag vor, dass auf ihrer Arbeitsstelle ein Mord geschah.

Berger nahm sich eine Tasse Kaffee. Er hielt sie mit beiden Händen, als wolle er sich daran wärmen. »Aus Herrn Lunkmeyers Unterlagen geht hervor, dass er eine Tochter hat. Ist Ihnen etwas über eine Anna Hellkamp bekannt, Frau Esser? Vielleicht hat sie ihn hier im Heim besucht, wäre doch anzunehmen.«

»Nein, das würde ich wissen. Herr Lunkmeyer hat niemals Besuch bekommen. Er sagte, dass er keine Verwandten habe und seine Freunde schon verstorben wären. Nein, er hat nie von einer Tochter gesprochen.«

»Gut. Frau Esser, wir möchten jetzt noch einmal alle Aus-beziehungsweise Eingänge ansehen. Würden Sie uns begleiten? Sie kennen sich hier besser aus.«

Die Altenpflegerin ging voraus.

»Bin gespannt, ob das Haus wirklich so gut gehütet wird, dass kein Besucher unbemerkt aus- und eingehen kann. Denn von einer Person, die gegen 23:45 Uhr aus dem Hinterausgang *gehuscht* ist, wie der Wertmann so schön sagte, weiß hier niemand«, nuschelte Berger seinem Kollegen zu.

Der Besuch im Seniorenheim *Friedensruh* ergab nichts Neues. Die hinteren Ausgangstüren wurden angeblich jeden Abend abgeschlossen, wenn die Besucher gegangen waren.

Kommissar Berger kramte den Zettel aus seiner Tasche, um sich die Adresse des einzigen Zeugen anzusehen, der etwas gesehen haben wollte. »Der muss hier gleich um die Ecke wohnen. Weiderich heißt er.«

Sie verabschiedeten sich von der Altenpflegerin und machten sich auf den Weg. Zwei Querstraßen weiter fanden sie die angegebene Straße und das Haus mit der richtigen Nummer. Es sah verwahrlost aus. Der Zahn der Zeit hatte die früher einmal weißen Wände zu einem tristen Grau verkommen lassen. Selbst die blühenden Blumen konnten von der Verwahrlosung nicht ablenken. An der Gartenpforte stand in großen Buchstaben der Name *Weiderich*.

Ein dicker, behäbiger Mittfünfziger stand schon breitbeinig im Hauseingang. Berger und Lübge stellten sich vor. Unangenehm berührt schauten sich die Kommissare an. Als sie näherkamen, schlug ihnen ein penetranter Geruch von altem Schweiß in die Nase. Der Zeuge Weiderich hatte sein Gesicht sensationslüstern angespannt. Berger beobachtet ihn, während sein Kollege fragte, ob sie kurz hereinkommen können, um die Fragen nicht vor den neugierigen Nachbarn stellen zu müssen. Aus winzig kleinen, verquollenen Augen, die vom Schlaf noch verklebt waren, guckte Weiderich die Kommissare etwas dümmlich an. Die Haare standen vom Kopf ab und sahen grau und verstaubt aus. Seine Stirn glänzte so fettig wie seine Jogginghose. Widerwillig bat er die Männer herein und trat zur Seite, um sie vorbeizulassen. Der Eingang erstarrte vor altem und neuem Dreck. Berger zupfte angeekelt an seinem Ohrläppchen herum, als ihm ungelüftete, alte Kochdünste und Uringeruch entgegenschlugen.

Weiderich erzählte, was er beobachtet hatte. Dann sagte er übergangslos und aufgeregt: »Warum klärt die Polizei nicht endlich die vergangenen Morde auf, die hier in Hückeswagen geschehen sind? Man ist ja seines Lebens nicht mehr sicher.« Dabei stocherte er mit seinem Zeigefinger vor dem Gesicht Lübges herum, um seinen Worten Wichtigkeit zu verleihen. Lübge machte einen Schritt rückwärts und runzelte leicht verärgert seine Stirn.

Da der Zeuge nichts zur Aufklärung beitragen konnte, verabschiedeten sich die Kommissare rasch, um endlich wieder an die frische Luft zu kommen. Unzufrieden fuhren sie nach Köln ins Präsidium zurück. Dort fanden sie den Zettel mit Annas Adresse auf dem Schreibtisch vor. Holger Wertmann hatte sie besorgt.

»Was? Die Tochter von Lunkmeyer wohnt auch in Hückeswagen? Da kommen Jürgen und ich gerade her. Wäre gut gewesen, anzurufen. Wir hätten der Hellkamp heute Mittag noch einen Besuch abstatten können. So ein Mist!«

»Reg dich nicht auf, Manfred, das haben wir erst vor fünf Minuten herausbekommen«, beschwichtigte die Kommissarin ihren aufgeregten Kollegen.

Die Kommissare wollten Anna Hellkamp die Nachricht vom Tod des Vaters persönlich bringen. Sie waren gespannt, wie sie darauf reagieren würde, wenn sie erfuhr, dass ihr Vater, ermordet worden war. Irgendeine Reaktion war zu erwarten, auch wenn sie mit ihm nicht viel zu tun gehabt haben mochte. Interessant war außerdem, dass Anna Hellkamp von der Polizei bei den vergangenen Morden schon einmal befragt worden war. Ob es etwas zu bedeuten hatte, musste man noch herausfinden.

Dieses Mal fuhren die Kommissare den Weg über die B 237 nach Hückeswagen.

»Vor dem großen Kreisverkehr müssen wir rechts abbiegen in die Bahnhofstraße. Dort finden wir sicher auch einen Parkplatz«, kannte sich Kommissar Berger aus. Während Lübge sich danach umschaute, beobachtete Berger unbewusst die Fenster der Häuserreihe.

»Das Städtchen hat sich nett herausgeputzt«, sagte Lübge, stieg aus und knallte die Autotür zu. Er hatte ebenfalls die Gegend abgecheckt. Das geschah immer automatisch. Nun hieß es, das richtige Haus zu finden. Als sie vor der Nummer 5 standen, las Berger die Namen vor, die an den Klingeln standen.

»Meyer, Seller, Hellkamp … da haben wir sie ja schon. Mal sehen, ob jemand zuhause ist.«

Gerade, als Berger auf den Klingelknopf drücken wollte, öffnete sich die Haustür. Ein junger Mann wollte in Eile an ihnen vorbeistürmen.

»Entschuldigung!«, rief Berger. »Wohnt hier eine Frau Hellkamp?«

»Ja, im dritten Stock. Aber ich habe keine Zeit! Bin in Eile. Mein Bus!" Weg war er!

Kommissar Berger drückte nun endlich auf den Klingelknopf. Nichts – noch mal – und auch beim dritten Mal ertönte kein Türöffner, geschweige, dass jemand die Türe persönlich öffnet.

»Sie wird auf der Arbeit sein. Lieber möchte ich sie vorladen, um ihr die Peinlichkeit zu ersparen, wenn wir in der Bibliothek bei ihr auftauchen. In einer Kleinstadt ist man ganz schnell im Gerede.«

»Gut, dann werden wir sie eben vorladen«, sagte Lübge.

»Aber weißt du was, Manfred? Wenn wir schon einmal hier sind, können wir beim Standesamt vorbeigehen. Vielleicht erfahren wir auch ohne Termin etwas über Anna Hellkamp. Hier in der ehemaligen Bahnhofshalle befindet sich das Bürgerbüro. Ich will hoffen, dass wir zur Akteneinsicht nicht extra zum Schloss fahren müssen, wo sich das Hauptamt befindet.«

Die Kommissare waren wenig später sehr überrascht, was sie über Anna Hellkamp zu lesen bekamen.

Im Polizeipräsidium

Freitagabend 18.00 Uhr. Kommissar Lübge kam von einer Besprechung und war auf dem Weg zum Büro. Das Präsidium glich einem Bienenhaus. *Typisch Freitagabend,* dachte er. Ein paar Büros weiter randalierte plötzlich irgendeine Frau, die vernommen werden sollte. Sie konnte von den Kollegen kaum gebändigt werden. Lübge ging kopfschüttelnd in das Büro, das er sich mit Berger teilte.

»Du brütest ja immer noch über den Fall, Jürgen. Heute kannst du eh nichts mehr ausrichten. Willst du nicht mal langsam Feierabend machen?« Stirnrunzelnd schaute er seinen Kollegen an, klemmte seine Tasche unter den linken Arm und versuchte, gleichzeitig den rechten in den Jackenärmel zu zwingen.

Berger unterdrückte ein Gähnen. Von seiner Arbeit abgelenkt, verfolgte er gespannt das Schauspiel, das Kollege Lübge ihm bot. Er rechnete damit, dass die Tasche zu Boden ging.

»Der Fall Lunkmeyer gibt mir doch sehr zu denken, Manfred. Wertmann wird mir morgen noch einmal die Akten von den Mordfällen aus Hückeswagen bringen. Ich werde sie mir dann zum hundertsten Mal zu Gemüte führen. Vielleicht finden wir jetzt endlich einen Hinweis!«

»Außerdem ist Anna Hellkamp für Montag vorgeladen worden. In den alten Kontoauszügen von

Lunkmeyer, die Helga gefunden hatte, waren Alimente-Zahlungen, die an eine Barbara Hellkamp überwiesen worden sind. Dass der Lunkmeyer der Erzeuger von Anna Hellkamp war, wissen wir jetzt. Ihre Mutter hat ihn als Vater bei der Geburt ihrer Tochter angegeben. Und wie es aussieht, hat Lunkmeyer brav jeden Monat die Alimente entrichtet. Als seine Tochter acht oder neun Jahre alt war, hörten die Zahlungen auf. Ein paar Jahre später hat Lunkmeyer damit wieder angefangen, doch dann stand auf den Überweisungen Anna Hellkamp und nicht der Name ihrer Mutter. Dazu kam dann immer noch ein hübsches Sümmchen extra oben darauf. Ich muss sagen, geizig war er nicht! Wir können froh sein, dass er die alten Kontoauszüge aufbewahrt hat, sonst hätten wir auch bei diesem Fall nichts in den Händen!«

»Dafür hätte ihn seine Tochter ja wenigstens mal im Altenheim besuchen können, was meinst du, Manfred?«

»Ja, das stimmt. Da drückt der Vater einen Haufen Kohle ab und hat angeblich keinen Kontakt zu seiner Tochter? Das ist ein seltsames Verhalten! Nun gut. Wir werden die Hellkamp dazu befragen.«

»Aber warum hat er davor einige Jahre nicht bezahlt? Das ist doch die Frage!«

»Ja, hm.«

Berger lehnte sich zurück und streckte die Beine weit nach vorn.

»Komm Jürgen, mach Feierabend. Ich bin auch schon spät dran. Außerdem kriege ich bestimmt 'nen Abriss. Heute ist unser Hochzeitstag. Inge wird schon im *Spatzenhof* sitzen und auf mich warten.« Lübge grinste.

Da seine Arme nun endlich den Weg in den Jackenärmel gefunden hatten, verließen Berger und er das Büro.

Vier Tage später. Dienstagabend, 18:00 Uhr! Es schüttete wieder wie aus Eimern. Der Regen lief wie ein Sturzbach an den Fensterscheiben herunter.

Berger sah einen Augenblick auf die riesigen Pfützen, die sich draußen auf dem Gehweg gebildet hatten. Der Weg selber lag da wie ein verschwommener grauer Streifen.

Die Schreibtischlampe beleuchtete Ordner und einige Stapel von Papieren, die vor Kommissar Berger auf dem Schreibtisch lagen. Lübge stand an einem anderen Fenster. Er schaute ebenfalls dem Regen zu. Die Büsche, die vor dem Fenster des Büros wuchsen, sah er undeutlich und schemenhaft. Doch so richtig nahm er das alles nicht wahr. In Gedanken war er bei dem Fall Friedhelm Lunkmeyer. Er schüttelte den Kopf und setzte sich wieder auf seinen Stuhl. Dann nahm er seinen Brieföffner und ließ ihn kreisen. Dann schob er ihn hin und her. Sie kamen nicht weiter!

Berger dachte an die Vernehmung von Anna Hellkamp. Sie war im Präsidium gewesen. Ihre Erscheinung hatte auf die Kommissare einen tiefen Eindruck hinterlassen. Besonders auf Berger. Er konnte Anna kaum aus den Augen lassen. Er betrachtete sie interessiert, und das nicht nur aus beruflichen Gründen. Er war schon in dem Moment von Anna fasziniert gewesen, als sie zur Tür hereingekommen war. Seine Augen hatten einen Augenblick auf ihrem auffallend schönen Gesicht geruht. Dann hatte er ihre makellose Haut und die langen, schwarzen Haare bemerkt. Sein Blick wanderte weiter über ihre schlanke Gestalt, bis zu ihren perfekten Beinen, alles engelsgleich, eben nur nicht blond, registrierte sein Gehirn. Gedacht hatte er: *Genau mein Typ! Umwerfend!*

Anna hatte diesen nicht nur kommissarischen, sondern auch männlichen Blick registriert. Wegen ihres aufreizenden Lächelns hatte Berger schnell auf seine Notizen geschaut, um sich gedanklich in Sicherheit zu bringen. Er war ärgerlich über sich selber gewesen und etwas verwirrt, sich nicht besser im Griff gehabt zu haben. Durch Annas aufregende Wirkung auf ihn schwirrten seine Gedanken so sehr umher, dass er sie kaum unter Kontrolle bringen konnte. Das war ihm in seiner ganzen Laufbahn noch nicht passiert.

Als er endlich fähig war, seine Fragen zu stellen, hatte er es fertiggebracht, ihr sogar in die Augen zu schauen. Er erinnerte sich, dass sie einen unnatürlichen

Glanz hatten. Berger hatte sogar einen Anflug von Angst darin erkennen können. Das verstand er nicht, denn sie wirkte nach außen hin total cool und abgeklärt. *Sie hat doch nichts zu befürchten,* war ihm durch den Kopf gegangen. Eine gewisse Ähnlichkeit mit ihrem Erzeuger konnte Anna Hellkamp nicht leugnen. Berger fiel das Bild von Lunkmeyer ein, das auf einer Kommode im Altenheim gestanden hatte. Das Bild zeigte ihn in jungen Jahren. Anna Hellkamp hatte den gleichen hochmütigen Gesichtsausdruck und die schlanke, elegante Figur.

Er tauchte aus seinen Gedanken auf und sagte zu Lübke: »Seltsam ist, dass der Lunkmeyer bei seiner Ermordung schon achtzig Jahre alt war und seine Tochter erst fünfunddreißig ist. Da muss der alte Knacker fünfundvierzig gewesen sein, als er sie zeugte.« Er stand auf und streckte sich.

»Aber weißt du, was wir vergessen haben? Wir wollten sie fragen, warum der Lunkmeyer mit den Zahlungen einige Jahre ausgesetzt hat! Das müssen wir unbedingt nachholen.«

Während Kommissarin Kämper den beiden noch eine Tasse Kaffee ausschüttete, gab sie zu bedenken: »Es gibt auf beiden Seiten keine weiteren Verwandten, die man dazu befragen kann. Denn die Mutter von Frau Hellkamp ist tot. Wertmann hat noch herausbekommen, dass Barbara Hellkamp in einem Heim aufgewachsen ist. Er muss die Akte Anna Hellkamp beim

Jugendamt in Gummersbach anfordern, damit wir die in Ruhe lesen können. Bin gespannt, was dort für Eintragungen gemacht worden sind. Wir müssen herausfinden, wie die familiäre Bande bei denen gestrickt waren.«

Berger nahm die Brille ab und rieb sich mit dem Finger über den Nasenrücken. Umständlich setzte er sie wieder auf. Während er sich auf seinem Stuhl ein wenig zurücklehnte, glitt sein Blick zu seiner Kollegin. In Gedanken versunken beobachtete er, wie sich die Kommissarin für den Feierabend fertigmachte.

»Ist spät geworden!«, sagte sie, dann ging sie nach Hause.

Helga hat recht. Nachdem wir die Akte vom Jugendamt angesehen haben, wird die Hellkamp noch mal vorgeladen, dachte Berger.

Die Kommissare trafen gleichzeitig im Präsidium ein. Auf dem Weg ins Büro sagte Berger: »Wenn ich mir das so richtig überlege, hat die Hellkamp ja auch keine tolle Jugend gehabt. Die Mutter eine Hure – und das in einer Kleinstadt. Die Leute werden sich doch das Maul über sie zerrissen haben.«

»Oder sie haben es nicht gewusst, Jürgen. Damals gab es ja noch den Bahnhof. Er wurde 1986 geschlossen. Barbara Hellkamp hat hier in Hückeswagen mit ihrer Tochter in der Bongardstraße bei einer alten Hure namens Grete Berthold gewohnt und wird in die umliegenden Städte gefahren sein. Ich glaube nicht, dass sie hier in Hückeswagen angeschafft hat. Das wäre herausgekommen, zumal der Lunkmeyer ja einen gehobenen Posten bei der Kreissparkasse in Wipperfürth hatte.«

»Man hat gar nicht mitbekommen, dass der etwas mit der Hellkamp zu tun hatte, Jürgen!«

»Dass die alte Berthold und Babara Hellkamp Huren waren, wusste keiner dort. Die Leute wären total entsetzt gewesen und hätten getratscht, wenn sie es erfahren hätten. Aber sie haben die drei ja kaum gesehen, weil sie zurückgezogen lebten. Die Alte ging nur zum Einkaufen auf die Straße, sagten die Nachbarn. Babara Hellkamp wird in Hückeswagen nur gewohnt und sich außer zum Schlafen dort nicht aufgehalten haben. Ihre Tochter soll von der Berthold aufgezogen worden sein. Die wird sich durch Barbara Hellkamp die Rente aufgebessert haben, indem sie auf das Kind aufpasste. Sie muss ja kein schlechter Mensch gewesen sein, nur weil sie mal eine Hure war!«

»Ja, du hast schon recht. Aber das wird Anna Hellkamp am besten wissen.«

»Also Jürgen, nun weiter im Text. Dass der Lunkmeyer *nur* der Erzeuger von Anna Hellkamp war, stimmt nicht. Seine Tochter hat ein paar Jahre lang bei ihm gelebt, nachdem ihre Mutter verstorben war. Das erklärt auch, warum die Zahlungen eingestellt wurden. Aber warum hat er seiner Tochter später jeden Monat so viel Geld gegeben, obwohl sie keinen Kontakt mehr hatten? Außerdem wohnten beide in Hückeswagen, und als er alt war, nicht weit weg von seinem Haus im *Friedensruh*.«

»Hm. Vielleicht wollte er damit was gutmachen. Zum Beispiel, dass er in den ersten Jahren nicht für sie da gewesen ist. Oder es war eine Art Schweigegeld. Könnte sein, dass der feine *Herr Bankangestellter in Rente* nicht wollte, dass die Leute im Ort erfahren, dass er mit einer Hure eine Tochter hat. Dass die Hellkamp ihren Vater nie besucht hat, haben die Angestellten im Heim bestätigt, das glaube ich auch. Es wäre irgendwann aufgefallen, wenn sie da aufgetaucht wäre. Aber irgendwas ist da faul! Wir werden ihr noch mal auf den Zahn fühlen. Und zu den großzügigen Zahlungen, die sie von ihm bekommen hat, wird sie auch etwas sagen müssen.«

Nervös versuchte sich Kommissar Berger, auf das Verhör mit Anna vorzubereiten. Er blätterte in der Akte Lunkmeyer hin und her, ohne sich recht darauf konzentrieren zu können. In wenigen Augenblicken würde Anna Hellkamp wieder in seinem Büro erscheinen. Er überlegte, warum sie ihm dauernd durch den Kopf geisterte. Sicher, sie war eine attraktive Person, aber er war Kommissar und musste sie zum Mord an ihrem Vater verhören! Er konnte und durfte sich keine Gefühle leisten. Er musste ganz unbeteiligt bleiben.

Als es klopfte, zuckte Berger erschrocken zusammen. Mit einem Seitenblick in das Büro von Helga Kämper rief er mit belegter Stimme: »Herein!« Erwartungsvoll schaute er auf die Tür.

Aufgestylt kam Anna ins Büro gestöckelt und steuerte sofort auf den Stuhl zu, den Kommissar Berger ihr anbot.

Einem genauen Beobachter wäre es aufgefallen, dass sie leicht humpelte und vor Schmerzen die Zähne zusammenbeißen musste. Denn gerade in diesem Moment, wo sie einen selbstsicheren Eindruck hinterlassen wollte, hatte sie große Schmerzen, obwohl sie ihre Tabletten eingenommen hatte. Wütend über sich selbst schoss ihr das Blut in den Kopf. Aber sie war die perfekte Schauspielerin. Mit ihren großen braunen Augen strahlte und lächelte sie den Kommissar an. Das rot angehauchte Gesicht stand ihr gut, und Kommissar Berger war hin und weg. Während Anna sich zum hundertsten Mal vornahm, wegen der Schmerzen zum Arzt zu gehen, versuchte Berger sich wieder unter Kontrolle zu bekommen.

Anna registrierte seinen Hundeblick und wie fasziniert er sie ansah. Als sich ihre Blicke trafen, war es für Berger wie eine Offenbarung. Auch in Anna klang eine Seite an, die sie vergessen glaubte und die sich jetzt durch ihre Arglosigkeit zurückmeldete. Es lag für Sekunden eine Ahnung in der Luft von dem uralten Lied zwischen Mann und Frau. Bei Berger war die Botschaft sofort angekommen, doch Anna wollte damit nichts zu tun haben und verschloss sich sofort wieder. Der Hass auf die Männer saß zu tief. Aber durch diesen Hass strahlte sie unbewusst etwas Geheimnisvolles aus, das die Männer anzog wie die Motten das Licht.

Als Berger endlich merkte, dass er Anna anstarrte, sah er irritiert auf seinen Ärmel und entdeckte zu seinem Entsetzen einen Fleck. Um ein wenig Abstand zu seinen Gefühlen zu bekommen, stand er auf und machte unnötigerweise Licht, um die Schatten des trüben Nachmittags zu vertreiben.

Aus dem Büro von Helga Kämper beobachtete Manfred Lübge das Verhör durch die Scheibe. Er bekam mit, dass sich sein Kollege etwas ungewöhnlich verhielt. Doch auch Lübge konnte nicht leugnen, Anna zuerst mit den Augen eines Mannes zu betrachten und dann erst als Kommissar. Nervös trommelte er mit den Fingern auf Helga Kämpers Schreibtisch herum.

Bevor Berger Anna überhaupt ansprechen konnte, musste er hüsteln, denn plötzlich hatte er einen trockenen Mund. Mit belegter Stimme stellte der Kommissar dann seine Frage. »Warum hatten Sie zu Ihrem Vater keinen Kontakt mehr, nachdem Sie bei ihm ausgezogen sind, Frau Hellkamp?«

Anna klemmte eine Locke ihrer Haare, die sich gelöst hatte, aufreizend hinters Ohr. Dabei hielt sie den Kopf etwas schräg, schaute ihn aus halb gesenkten Augenlidern an und sprach leise mit dunkler, melodischer

Stimme: »Sie können sich doch denken, dass ich nicht gerne darüber spreche, dass meine Mutter eine Hure war und mein Erzeuger mich nach ihrem Tod nur aufgenommen hat, weil ihm nichts anderes übrig blieb. Auch ihm war es peinlich. Aus diesem Grund habe ich ihn nach meinem Auszug nie besucht. Wir standen uns nie nahe, auch nicht, als ich bei ihm gewohnt habe.« Sie lächelte Berger zuckersüß an. Während sie weitersprach, musste sich Berger sehr zusammenreißen. Sein Adamsapfel hüpfte beim Schlucken auf und ab, doch so richtig bekam er seine Spucke nicht hinuntergeschluckt. »Und dass ich mit so einer Vergangenheit nicht hausieren gehe, werden Sie hoffentlich verstehen. Lunkmeyer war schließlich ein Freier meiner Mutter gewesen! Auch wenn ich für einige Zeit bei ihm gewohnt habe, kam kein familiäres Verhältnis auf! Es gab da kein Familienleben oder so etwas. Jeder lebte für sich. Und außerdem sollte meine Vergangenheit bei meinen Arbeitskolleginnen nicht bekannt werden. Schließlich arbeite ich in der Bibliothek!«

»Sie haben ein paar Jahre bei Herrn Lunkmeyer gewohnt?«, sagte Lübge, der mit der Kollegin Kämper ins Büro kam. »Das erklärt auch, dass die Alimente-Zahlungen ein paar Jahre ausgeblieben sind.«

»Ja, als meine Mutter starb, zog ich zu ihm.«

Kommissarin Kämper wedelte mit den Kontoauszügen und schaute Berger triumphierend an. Lübge beobachtete Annas Gesicht. Es wurde zusehends starrer.

Die Kommissare spürten ihre Anspannung, die der starre Ausdruck ihres Gesichts noch unterstrich.

»Als meine Mutter starb, war ich noch nicht einmal neun Jahre alt. Eigentlich hätte ich ins Heim gemusst. Das blieb mir erspart, da das Jugendamt Lunkmeyer ausfindig machen konnte. Der erklärte sich bereit, mich so lange aufzunehmen, bis ich alt genug war, um selbstständig zu leben. Als es dann so weit war, hatten wir keinen Kontakt mehr, und das ist schon viele Jahre her!«

»Mussten Sie sich nicht dankbar erweisen, dass Herr Lunkmeyer Ihnen ein Zuhause bot, Frau Hellkamp? Ich verstehe nicht ... Sie nahmen sein Geld und ließen nichts mehr von sich hören? Auch nicht, als er alt war und im Seniorenheim lebte?«

Als Anna amüsiert lachte, lief Berger ein angenehmer Schauer über den Rücken, den er sich sofort und ganz entsetzt verbot.

»Was wollen Sie mir einreden, Herr Kommissar? Es passt nur nicht in Ihr Weltbild, dass ich nicht die dankbare Tochter war! Lunkmeyer war mir kein Vater, er war nur ein Versorger für einige Jahre. Elternliebe habe ich nie erfahren, nicht von meiner Mutter und von ihm schon gar nicht. Also musste ich auch nichts zurückgeben, so einfach ist das für mich. Niemand hat den Lunkmeyer gezwungen, mich aufzunehmen, er machte es mehr oder weniger freiwillig! Und wenn auch nur aus dem einen Grund, weil er Angst hatte, es würde sonst herauskommen, dass der feine Banker eine Hure geschwängert hatte und er sich vor der Verantwortung drücken würde. Ich wäre ja dumm gewesen, wenn ich sein Geld nicht angenommen hätte, oder?« Bei ihren letzten Sätzen strahlte Anna eine unglaubliche Kälte aus.

»Sie haben Ihren Vater nie im Altenheim besucht, Frau Hellkamp?«

»Nein! Ich tat es nicht, weil ich ihm nicht dankbar sein *musste!* Wie oft muss ich das noch sagen! Kann ich jetzt gehen? Ich habe noch einen wichtigen Termin!«, sagte sie barsch und verärgert. »Können Sie sich nicht vorstellen, Herr Kommissar, dass man auch ohne Skandale ganz normal irgendwo leben kann?«

Nervös warf Berger seinem Kollegen Lübge einen kurzen Blick zu. Der zuckte mit den Schultern und begleitete Anna zur Tür. Ohne sich zu verabschieden, stöckelte sie aus dem Büro. Als sich die Tür hinter ihr geschlossen hatte, trat einen Moment Schweigen ein.

Bergers Gedanken und Gefühle waren in Aufruhr. Er verstand sich selber nicht mehr. Warum tat ihm Anna plötzlich leid? Warum entschuldigte er sie vor sich, und warum bedauerte er, dass sie gegangen war?

Auch Anna Hellkamps damalige Mitbewohnerin, Petra Gärtner, wurde vorgeladen und vernommen. Sie gab zu Protokoll: Anna Hellkamp war und ist eine einsame Frau und total unauffällig. Auch Annas

Arbeitskolleginnen waren im Präsidium gewesen und bestätigten den Kommissaren Petra Gärtner Aussage.

Die Kommissare Berger, Kämper und Lübge traten wieder auf der Stelle.

Die Akte vom Jugendamt aus Gummersbach mit den Eintragungen von Anna und Barbara Hellkamp lag vor den Kommissaren.

»Dass Barbara Hellkamp eine Hure war und ihr Freier Friedhelm Lunkmeyer mit ihr eine Tochter gezeugt hat, das wissen wir ja.«

»Nein, ganz so war es nicht. Anna Hellkamps Mutter war noch sehr jung, als sie zu Lunkmeyer zog. Erst als sie bei Grete Berthold gewohnt hat und schon Mutter war, wurde sie zur Hure!«

»Hm, na gut. Das hat uns Anna Hellkamp auch nicht erzählt. Grete Berthold ist mittlerweile verstorben. Wieder einen Zeugen weniger! Anna Hellkamp hatte nur mit Petra Gärtner näheren Kontakt, mit der sie die Wohnung anfangs geteilt hatte.«

»Ich nehme mal an, dass mit der Hellkamp keiner etwas zu tun haben wollte. Die Mutter – eine Hure!«

»Aber das wusste nach ihrer Aussage niemand, Manfred! Sie hat unauffällig in Hückeswagen gelebt. Und Zeugenaussagen gab es dahingehend auch nicht! Sonst hätte sie bestimmt nicht die Stelle in der Bibliothek bekommen. Der einzige Zeuge im Moment ist Frau Gärtner. Ich glaube, mit der werden wir noch mal sprechen. Es muss doch etwas rauszukriegen sein, verdammt!«

Petra Gärtner wurde wieder vorgeladen und noch einmal befragt. Doch bahnbrechende Erkenntnisse kamen dabei auch nicht heraus.

Petra Gärtner sagte: »Vor ein paar Jahren bin ich aus der WG ausgezogen und habe eine Familie gegründet. Anna hatte mir damals fest versprochen, mich zu besuchen. Doch sie hat es nie wahr gemacht. Und wenn ich Anna besuchen wollte, war sie entweder verhindert oder machte die Haustür nicht auf.«

»Vielleicht war sie nicht zuhause?«

»Anna? Anna war, außer dass sie arbeiten und einkaufen ging, immer zuhause! Sie ging selten ans Telefon, eigentlich nie. Dabei wollte ich ihr so gerne mein Kind vorstellen! Wenn ich ehrlich bin, weiß ich nichts über sie.« Petra Gärtner erinnerte sich, dass sie vor ihrem endgültigen Auszug schon einmal ausgezogen war. »Damals reagierte Anna richtig sauer auf mich. Sie sagte wörtlich: *Wegen so einem Scheißkerl willst du mich verlassen?* Sie hat im Allgemeinen sehr abfällig über Männer gesprochen. Es gab dann Streit. Ich hielt ihr vor, nichts über Männer zu wissen und dass sie sich deshalb kein Urteil erlauben könne. Leider ging meine Beziehung in die Brüche. Und als ich wieder bei ihr eingezogen bin, hatte sie es offensichtlich sehr genossen. In ihrer Freizeit beschäftigte sie sich nur mit ihren Büchern, und dabei ließ sie sich auch von mir nicht stören. Auf

Partys oder zu Feiern ist Anna nie mitgegangen. Dazu konnte man sie nicht überreden. Kurze Zeit später bin ich dann endgültig ausgezogen.« Mehr wollte Petra Gärtner über ihre damalige Mitbewohnerin nicht berichten. Auch nicht, dass sie darüber nachgegrübelt hatte, ob Anna beziehungsunfähig war, das ging die Polizei nichts an. Ihrer Meinung nach hatte das mit dem Mordfall nichts zu tun. Meistens hatte Peti Mitleid mit Anna, die irgendwann auf ihre schwierige Kindheit hingewiesen hatte, aber oft nervte es sie auch, wie zurückgezogen sie lebte! Dass sie in gewissen Abständen schlecht träumte und zum Gotterbarmen laut stöhnte, brauchte die Polizei auch nicht zu wissen.

Nervös fuhr sich Berger immer wieder mit den Händen durch seine Haare. Er grübelte vor sich hin, warum er dauernd überlegte, welchen plausiblen Grund er vor seinen Kollegen angeben konnte, Anna noch einmal vorzuladen. Sie war ja offensichtlich unschuldig. Er musste dauernd an sie denken und hatte den sehnlichen Wunsch, sie wiederzusehen. Und er musste darauf achten, dann so cool wie möglich zu sein, damit seine Kollegen nichts merkten.

Lübge legte ihm die Hand auf die Schulter. Als Berger zusammenzuckte, sagte er: »Im Gegensatz zu mir bist du doch sonst immer ruhig, Jürgen. Du scheinst mir ganz schön überarbeitet zu sein!«

»Nee, unzufrieden bin ich!«, murmelte Berger und

meinte es auch so. Dass er nun auch noch ein schlechtes Gewissen hatte, brauchte keiner zu wissen. »Ach könnte ich doch nur in Pension gehen!«

»Was? Du bist verrückt! Was ist denn los mit dir? So kenne ich dich überhaupt nicht!«

Das Team Berger versuchte immer wieder, die Nadel im Heuhaufen zu finden, die auf eine Spur des Mörders hindeuten könnte. Grübelnd marschierte der Kommissar mit der Kaffeetasse in der Hand in seinem Büro hin und her.

Ein junger Mann und dann vier alte. Man könnte meinen ... Es sei denn ... »Scheiße, Scheiße! Der Mörder muss hier aus Hückeswagen sein, da bin ich sicher«, sagte er laut und böse vor sich hin.

»Oder er tobt sich da nur aus!«, kommentierte Lübge.

»Der erste Mordfall war 1980, vor zehn Jahren. Es war damals *das* Ereignis.« Berger sah in Gedanken die alten Zeitungsausschnitte vor sich. Er überlegte weiter. »Danach war zwei Jahre Ruhe. Dann geschah der zweite Mord. Ein Jahr später der dritte, nach weiteren zwei Jahren der vierte ... und dann hat es fünf Jahre gedauert bis zum fünften Mord. Du kannst sagen, was du willst, Manfred, da versteckt sich ein Rhythmus! Wenn jemand mehrmals morden will oder muss, bei dem werden die Abstände immer kürzer oder bleiben in etwa gleich!«

»Florian Schaffner aus Hückeswagen!«, flüsterte Kommissar Berger vor sich hin. »Ein unauffälliger, normaler junger Mann.«

Kämper wies mit dem Kopf auf die Pinnwand. »Glaubst du, das könnte etwas mit Anna Hellkamp zu tun haben, Jürgen?

»Hm, tja«, sagte er. »Glaube ich eigentlich nicht. Ich würde eher auf etwas anderes tippen, Rache eines betrogenen Ehemanns oder so! Die Petra Gärtner sagte doch, dass die Hellkamp nichts mit Männern am Hut hat!«

Lübge schaute kurz auf das Bild des ersten Mordopfers und sah Berger an. »Wieso sollte es keine Frau sein? Ob die Hellkamp die mutmaßliche Mörderin ist, dass müssen wir erst ermitteln und dann beweisen.«

»Nein, das war die Hellkamp mit Sicherheit nicht!«, sagte Berger etwas zu schnell und zu laut, sodass die beiden Kollegen aufhorchten. »Dass der mutmaßliche Mörder ein Psychopath war, darüber waren wir uns doch einig! Wenn sie jemand wäre, der weder Angst noch Reue empfindet und die moralischen Grundsätze eines gesunden Menschen nicht nachvollziehen kann, dann hätte die Gärtner etwas mitbekommen. Schließlich haben die beiden jahrelang zusammengewohnt.« Jetzt wurde Berger auch noch rot! Er hätte sich in den Allerwertesten beißen können. Wie konnte er nur so reagieren! Zumal die Gärtner selbst gesagt hatte, dass sie die Hellkamp offenbar gar nicht gekannt hatte. Schnell wandte er sich ab. Denn das mussten die Kollegen wirklich nicht merken, dass ihm seine Reaktion auch noch peinlich war! *Was ist nur in mich gefahren*, grübelte er.

»He, Jürgen? Ich fasse es nicht! Ergreifst du Partei für die Hellkamp? Noch ist sie eine mögliche Verdächtige. Ich weiß, sie ist attraktiv, aber reiß dich zusammen!«

Kämper wollte die Situation retten, indem sie den Fall weiter beleuchtete. »Außer dem ersten Toten sind die Mordopfer fast alle gleich zu Tode gekommen – wie der alte Lunkmeyer!«

»Mhm, so abgebrüht die Morde auch aussehen, ob Mann oder Frau«, sagte Lübge, »bei psychopathischen Persönlichkeiten ist in der Kindheit etwas schiefgelaufen. Meistens haben sie schwere Misshandlungen und Zurückweisung erleben müssen.«

Kämper vollendete den Dialog ihres Kollegen: »Das Persönlichkeitsprofil endet nur allzu oft in Gewalt und Verbrechen.«

Berger runzelte die Stirn. Ihm fiel eine groß angelegte Studie ein. Er sagte: »Die Gehirne von Psychopathen funktionieren anders als bei *normalen* Menschen. Hat ein *normaler* Mensch Angst, werden bestimmte Areale im Gehirn aktiviert.«

Kämper vollendete: »Wenn wir Angst empfinden, feuern Nervenzellen Tausende von Signalen ab. Bei einem Psychopathen hingegen herrscht bei gleicher Angst in gleicher Situation absolute Funkstille.«

»Ja«, sagte Berger. »Er kann keine Angst empfinden. Das Gefühl ist ihm fremd. Selbst aus einer Gefängnisstrafe kann er nicht lernen.«

»Das macht ihn so gefährlich!«, sagte Lübge. »Das ist auch der Grund, warum psychopathische Straftäter viel häufiger rückfällig werden. Könnte auf unsere Fälle passen!«

»Deshalb glaube ich nicht, dass es die Hellkamp gewesen sein könnte. Den Eindruck hat sie nicht hinterlassen!« Wieder fing sich Berger einen fragenden Blick von seinen Kollegen ein. Schnell stand er auf und legte die Notizen ins Regal zurück. »So eine Scheiße, wir kommen nicht weiter!«, brummte er in seinen Bart. »Sämtliche Fälle, die ähnlich sind, werden wir wieder unter die Lupe nehmen und vergleichen. Aber jetzt brauche ich erst einmal einen Kaffee.« Stöhnend stand er auf. Seine Gelenke krachten förmlich, als er sich streckte. »Ah, mit meinen Kreuzschmerzen müsste ich mal zum Arzt, aber keine Zeit!«

Lübge war schon fast überzeugt, dass der Täter eine Frau war. Da gab Kommissarin Kämper zu bedenken: »Der Täter kann auch schwul gewesen sein.«

»Ach komm«, sagte Berger.

Doch die Kommissare recherchierten nun auch noch in diese Richtung.

»Ja, wenn es Gift gewesen wäre. Es ist nicht typisch für eine Frau, so brutal zu morden. Weder mit Messern noch mit Schusswaffen«, sagte Berger etwas störrisch. Er merkte sofort an den Blicken seiner Kollegen, dass er in Bezug auf Anna Hellkamp schon wieder ins Fettnäpfchen getreten war.

»Sag mal, wie bist du denn drauf, Jürgen?«, sagte Lübge empört. »Du hast offenbar einen Narren an der Frau gefressen. Das ist ein alter Hut! Es gibt genug Gegenbeispiele dafür, dass Frauen genauso brutal sein können wie Männer!«

Schweigen. Wie auf Kommando sahen sie sich an und mussten plötzlich alle drei lachen. Dadurch löste sich der Knoten etwas.

Lübge wollte mit seiner Kollegin noch einmal unter vier Augen über Anna Hellkamp sprechen. Denn als Ermittlungsleiter konnte sich Berger solche Schnitzer nicht leisten. Er musste neutral bleiben und durfte auf keinen Fall verdächtige Personen in Schutz nehmen.

Berger war am anderen Morgen schon früh im Büro. Die Akte von Florian Schaffner lag auf dem Schreibtisch. Den dampfenden Kaffee vor sich, ging er zur Pinnwand und schaute sich kaffeeschlürfend wieder die Bilder der Morde an.

Lübge kam ins Büro und stellte sich neben ihn. Auch er starrte erst auf die Bilder und ließ sich dann auf den Stuhl fallen.

»Alle Fälle ungelöst, was für eine Niederlage!«

Berger hatte einen schalen Geschmack im Mund. »Ja, es ist zum Verrücktwerden!«, murmelte er und stöhnte. »Warum ist die Aufklärung eines Mordes in dieser Kleinstadt nur so schwierig!«

»Also Jürgen«, empörte sich Kommissar Lübge: »Du tust ja gerade so, als ob wir noch nie einen Fall gelöst hätten. Die fünf Morde auf zehn Jahre, was ist das schon. Und den Lunkmeyer-Fall haben wir nicht richtig bearbeitet! Was ist denn nur los mit dir? Du scheinst total fertig zu sein!«

Warum Kommissar Berger wenig später nach Hückeswagen fuhr, um sich bei Anna Hellkamp in der Bibliothek ein Buch auszuleihen – und dann noch in seiner Freizeit –, darüber wollte er gar nicht erst nachdenken. Eigentlich war er nicht der große Leser. Doch er redete sich ein, dass es keine schlechte Idee wäre, am Abend ein Buch zu lesen, um besser abschalten zu können. Warum es aber ein Buch aus der Bibliothek Hückeswagen sein musste, wusste er tief in seinem Inneren schon. Leichter wäre gewesen, eines in Köln auszuleihen. Doch wenn er ehrlich war, er wollte Anna wiedersehen! Denn mit dem Gedanken an sie stand er morgens auf und ging abends mit damit ins Bett. Sogar bei der Arbeit im Präsidium geisterte sie ihm durch den Kopf.

Als er vor der Bibliothek stand, hatte er plötzlich ein mulmiges Gefühl in der Magengegend. Die Türklinke drückte er mit beiden Händen herunter, als ob es eine Hand alleine nicht geschafft hätte. Und genau in dem Moment gab er es endlich zu, dass er sich den Wunsch erfüllen wollte, Anna zu sehen. Er glaubte, dass es ihm dann besser gehen würde.

Als er eintrat, sah Anna auf und direkt in seine Augen. Während Berger wie immer sofort von ihr fasziniert war, bekam Anna einen Schrecken, als sie den Kommissar sah. Denn sie hatte mit dem Kapitel Lunkmeyer schon abgeschlossen.

Stumm beobachtete der Kommissar, wie sich durch ihre Bewegung eine Locke auf ihre Stirn legte. Sprachlos starrte er auf ihren aufreizenden Gang, mit dem sie ihm entgegenkam. Er registrierte kaum, dass sie nach seinen Wünschen fragte. Er lauschte nur auf den Klang ihrer dunklen, melodischen Stimme. Als Anna ihn ein zweites Mal ansprach und ihn amüsiert anlächelte, stotterte Berger peinlich berührt: »Ich wollte mir ein Buch ausleihen, Frau Hellkamp. Ich dachte, Sie als Fachfrau können mich sicher beraten.«

»An was haben Sie denn gedacht?«, flötete Anna höhnisch, aber zuckersüß. »Welchen Lesestoff bevorzugen Sie, Herr Kommissar Berger?«

Die Peinlichkeit war greifbar, als Berger merkte, dass er sich darüber überhaupt noch keine Gedanken gemacht hatte. Er fühlte sich wie ein pubertierender Jugendlicher. Bei der Erkenntnis schoss ihm die Röte ins Gesicht. Am liebsten wäre er sofort in das nächste Mauseloch gekrochen, so sehr schämte er sich. Um sich abzulenken, nahm Berger einen Reisebericht von dem Ständer, der nahe an der Tür platziert war, und konnte dann doch keine Angaben machen, worüber er denn informiert werden möchte. Seine Blamage war vollendet, als er mit einem Ratgeber für Kriminalgeschichte in der Hand die Bibliothek wieder verließ.

In den darauffolgenden Jahren wurde es um die Kleinstadt Hückeswagen ruhig. Kommissar Berger und seine Kollegen klärten so manchen Fall auf. Die Mordfälle aus Hückeswagen blieben jedoch ungelöst im Archiv!

Berger konnte Anna nicht vergessen. Er dachte fast jeden Tag an sie. Sie raubte ihm seine Ruhe. In der ersten Zeit, nachdem er sich das Buch ausgeliehen hatte, lag es auf seinem Nachttisch. Es war für ihn wie ein Ritual, es anzuschauen, bevor er einschlief. Ihre dunklen Augen verfolgten ihn bis in seine Träume.

Nach einem Jahr kam eine kurze Notiz aus der Hückeswagener Bibliothek, er möge das Buch zurückbringen, unterschrieben von Anna Hellkamp. Berger hatte nicht den Mut, es persönlich abzugeben, deshalb schickte er es mit der Post. Natürlich hatte er das Buch *nicht* gelesen! Anstatt darauf sah er nun vor dem Einschlafen auf das Erinnerungsschreiben. Er schaute auf ihre Unterschrift und fühlte sich so mit ihr verbunden. Zu gerne hätte Berger wieder Kontakt mit ihr aufgenommen. Sie war seine Traumfrau. Mit dem Mord im Altenheim brachte er sie auf keinen Fall in Verbindung. Und schon gar nicht mit den Morden davor. Obwohl es ihn dazu drängte sie zu sehen, traute er sich nicht noch einmal in ihre Nähe, da die Blamage, die er sich ihr gegenüber geleistet hatte, zu groß war. Es war nicht auszudenken, wenn dann noch seine Kollegen davon erfahren würden, dass er auf eigene Faust Anna in der Hückeswagener Bibliothek besucht hatte.

Zehn Jahre vergingen, ohne dass Kommissar Jürgen Berger noch einmal nach Hückeswagen zu einem Mord gerufen wurde. Einerseits machte ihn das froh, andererseits hätte er einen Grund gefunden, Anna noch einmal aufzusuchen. Denn so ohne Weiteres traute er sich immer noch nicht.

Annas Leben verlief nach ihrem letzten Mord in ruhigen Bahnen. Ihre Arbeit erfüllte sie. Bei den Kunden kam sie durch ihre ruhige Art gut an und war dadurch beliebt. Ihr Wunsch, ohne Albträume zu leben, hatte sich erfüllt, und so gewann sie eine gewisse Lebensqualität, wenn … ja, wenn nur nicht diese Schmerzen wären. Ohne Tabletten konnte Anna bald nicht mehr laufen. Zum Arzt zu gehen kam für sie nicht infrage. Sie wollte sich nie wieder von einem Mann anfassen lassen, auch nicht von einem Arzt. Außerdem hatte sie auch Angst davor, dass dann eventuell die Träume wieder auftauchen würden, wenn sie es doch tat und die männliche Gegenwart in ihr wieder die alten hässlichen Gefühle aufweckte.

Mittlerweile war Anna Mitte fünfzig. Zu den schmerzenden Knochen kam noch, dass sie beim schnelleren Gehen kaum noch Luft bekam, ganz zu schweigen von der Treppe, die sie ja mehrmals am Tag rauf und runter gehen musste. Hatte sie Stress auf der Arbeit, klopfte ihr das Herz bald bis zum Zerspringen, und unangenehme, brennende Schmerzen zerrissen ihr die Brust. So verlor sie im Laufe der Zeit die hart erkämpfte Lebensqualität wieder. Unzufriedenheit kroch nun langsam und immer öfter in ihr Gehirn, machte sie nörgelig und ungerecht. Der Abstieg ihrer Gesundheit, war mit der Zeit nicht mehr aufzuhalten.

Kommissar Berger hatte seinen sechzigsten Geburtstag längst hinter sich. Ein Wirbelsäulenleiden, das er nicht operieren lassen wollte, machte ihm stark zu schaffen. Leicht depressiv grübelte er viel darüber nach, warum er privat nicht mehr aus seinem Leben gemacht hatte.

Wenn er nicht so feige gewesen wäre, hätte er damals mit einer Frau eine Zukunft aufbauen sollen, vielleicht sogar mit Anna Hellkamp, auch wenn sie offenbar mit Männern nie etwas am Hut gehabt hatte. Doch jetzt war es zu spät.

Berger hatte die Pension eingereicht. Die Gedanken an Anna waren allmählich verblasst, er hatte in den letzten Jahren seltener an sie gedacht. Nachdem er Rentner geworden war, lebte er noch eine Weile alleine in seiner Wohnung. Eines Abends, als er mal wieder über seine verpassten Chancen nachgrübelte, fiel ihm das Seniorenheim in Hückeswagen ein. Er erinnerte sich daran, was er sich vor vielen Jahren vorgenommen hatte. Also machte er seinen Traum wahr und zog ins *Friedensruh*. Was sollte er auch in Köln, wo die Einsamkeit so viel schlimmer sein würde?

Weiße Gardinen bauschten sich leicht durch den Wind eines geöffneten Fensters. Die Pflanzen und die freundlichen Sitzmöbel erzeugten den Eindruck, in einer feudalen Hotelhalle zu sitzen. Denselben Eindruck hatte das Seniorenheim schon einmal auf Kommissar Jürgen Berger gemacht, als er damals zu einem Mordfall hierher gerufen worden war.

Nachdem der Kommissar ins Heim gezogen war, ging es ihm, bis auf die Probleme mit seinem Rücken, besser. Hier hatte er die nötige Aufmerksamkeit, man war freundlich zu ihm, und um sein Essen brauchte er sich auch nicht mehr kümmern.

Obwohl Berger schon einige Jahre im Ruhestand war, konnte er seinen Beruf nicht verleugnen. Einmal Kommissar, immer Kommissar! Recherchieren lag ihm im Blut. Alles und jeden zu beobachten, in seinem Kopf einzuordnen und in gewisse Schubladen zu stecken, damit war er voll beschäftigt. Alles war soweit gut bis auf seine Schwäche, das Hörgerät zu nicht zu benutzen. Es behinderte ihn, sich an gewissen Gesprächen zu beteiligen. Er ärgerte sich zwar über sich selber, war aber zu bequem, noch einmal in sein Zimmer zu gehen und es zu holen.

Im Seniorenheim war immer etwas los. Wenn er es nicht wollte, war er nie alleine. Die regelmäßigen Mahlzeiten taten seiner Gesundheit gut. Und so konnte er sein Hobby pflegen, nämlich beobachten, sich Notizen machen und sie dann ausarbeiten. Berger konnte es auch nicht lassen, bei jeder Mahlzeit oder vor dem Betreten eines Zimmers zu verharren, um alles und jeden abzuchecken. Erst dann konnte er sein Vorhaben in die Tat umsetzen und ein Zimmer betreten. Er erntete dadurch nicht nur verständnisvolle Blicke. Doch die meisten belächelten ihn und ließen ihn gewähren. Mit seiner Marotte tat er schließlich keinem etwas zuleide.

Wenn Kommissar Berger nachts nicht schlafen konnte, grübelte er über seine unaufgeklärten Fälle nach. In diesem Zusammenhang fiel ihm auch immer Anna ein, seine unerfüllte Liebe. *Ob sie noch in der Bahnhofstraße wohnt?*, überlegte er.

Er hätte ihr damals gerne den Mörder ihres Vaters präsentiert. Alleine schon, um den Kontakt zu ihr aufrecht zu erhalten, und wohl auch, um ein bisschen anzugeben. Aber er hatte den Mord nicht aufklären können. Das machte ihn nicht gerade glücklich. Doch es war Gott sei Dank schon lange her. Dass er jetzt in demselben Altenheim wohnte, in dem Annas Vater umgebracht worden war, ließ ihn schmunzeln.

Hückeswagen, Anfang 2018

Anna erwachte mit einem Brummschädel! »Hallo, ist da jemand? Wo bin ich, und was mache ich hier?«, rief sie voller Panik.

Eine Krankenschwester kam an ihr Bett. »Da sind wir wieder«, sagte sie.

Dieser Satz alleine löste in Anna so einen Widerwillen aus, dass sie den Mund aufmachte, um ihrer Empörung Luft zu machen. Doch bevor sie ein Wort sprechen konnte, redete die Krankenschwester weiter.

»Sie hatten Glück im Unglück, Frau Hellkamp. Sie sind hier im Krankenhaus. Frau Gerber, Ihre Betreuerin vom Roten Kreuz, hat den Krankenwagen gerufen. Sie sind in Ihrer Wohnung umgefallen, weil Sie einen Schlaganfall hatten. Gott sei Dank war es nur ein leichter!«

»Was fällt der Gerber eigentlich ein! Ich hatte ihr nicht die Genehmigung dazu gegeben!«, plärrte Anna.

»Aber Frau Hellkamp!«

»Nix Frau Hellkamp! Das hat die Gerber eingefädelt. Sie versucht mir schon die ganze Zeit einzureden, dass ich ins Heim gehen soll, und jetzt hat sie durch das Krankenhaus versucht, mich loszuwerden! Ich … ich will sofort nach Hause!« Anna war außer sich! Ihr Gesicht färbte sich feuerrot. Die Adern traten dick und pulsierend an ihren Schläfen hervor.

»Frau Hellkamp, nun beruhigen Sie sich doch. Sie müssen jetzt erst einmal hierbleiben. Wenn Sie nicht ruhiger werden, bekommen Sie gleich einen zweiten Schlaganfall dazu!«

»Waas? Sie wollen mir doch nur Angst machen!« Die Panik schlug über Anna zusammen. Sie merkte nicht, dass die Schwester ihr eine Beruhigungsspritze gab.

Natürlich sah Anna alles ganz anders! Den lieben langen Tag verbrachte sie nun damit, auf die Ärzte und Krankenschwestern zu schimpfen, die ihrer Meinung nach unfähig waren. Während sie wie eine Matrone in ihrem Krankenhausbett lag, entlud sich ihr Hass, den sie früher nur auf Männer hatte, auf jeden, der mit ihr zu tun hatte. Es war nicht einfach, mit ihr umzugehen! Sie war enttäuscht vom Leben, ihren Mitmenschen und von ihrem Körper, der sie nun auch noch im Stich ließ. Anna gab den Ärzten die Schuld, dass ihre linke Seite gelähmt war. Sie glaubte nicht an einen Schlaganfall, basta!

Nach dem Krankenhausaufenthalt sollte sie in ein Heim übersiedeln. Sie überlegte lange und wägte ab, was besser wäre. Wieder nach Hause und dann rund um die Uhr eine Pflegerin? Nein, das war ihr zu viel Nähe. Dann war ein Heim schon unpersönlicher. Also suchte sie sich die Seniorenresidenz *Friedensruh* aus, denn aus Hückeswagen wollte sie nicht weg. Da sie das Vermögen von ihrem Erzeuger geerbt hatte und darüber verfügen konnte, nachdem die Ermittlungen über seinen Tod im Sande verlaufen waren, konnte sie sich das leisten.

Was für ein Hohn, dachte Anna. *In diesem Heim habe ich meinen letzten Mord begangen.* Plötzlich schlich Angst in ihr hoch. Angst, dass die Vergangenheit sie dort finden könnte, um sie zur Rechenschaft zu ziehen und sie weiter zu quälen, so wie damals ihre Peiniger es mit ihr taten. Dabei hatte sie, nachdem der letzte der alten Mistkerle tot war, jahrelang ohne Albträume gelebt. Durch die Verschlimmerung ihrer Krankheit begann sie zu grübeln. Die schlimme Form von Gicht, die man im Krankenhaus diagnostiziert hatte, war nie behandelt worden. Anna hatte sie wahrscheinlich von ihrem Erzeuger geerbt. Dazu kamen die Herzbeschwerden und nun noch der Schlaganfall, das alles machte sie bösartig, ungerecht und kauzig. Einst eine Schönheit, sah sie jetzt aus wie eine sehr alte, verbitterte Frau.

Berger war gerade mit dem Rollator auf dem Weg zu seinem Wachposten, den Sesseln in der Empfangshalle. Bevor er die Halle durchquerte, checkte er erst, wie immer, die Gegend ab. Dabei entdeckten seine Augen, die hinter einer dicken Brille versteckt waren, eine griesgrämige Frau. *Wahrscheinlich ein Neuzugang,* schlussfolgerte er. Dann humpelte er ächzend auf die Sitzgruppe zu, um sich in den Sessel zu setzen, den er für sich alleine beanspruchte. Oh, er konnte stocksauer werden, wenn der Sessel besetzt war. Doch Berger wusste schon, wie er die Person daraus verscheuchen konnte. Von diesem Platz aus hatte er alles im Blick, vor allem, wer raus und rein ging.

Doch nun konzentrierte er sich wieder auf die Neue! Denn dass es ein Neuzugang gab, war für ihn ganz offensichtlich! »Ein willkommenes Ereignis!«, murmelte Berger vor sich hin und beobachtete alles wie ein Luchs! Ein Pfleger kam auf die orientierungslose Frau zu, die sich krampfhaft an einem Rollator festhielt.

Der Kommissar überlegte gerade, in welche Schublade er sie stecken könnte, da wurde er abgelenkt. Berger sah, wie der Pfleger vorsichtig den Arm um die Schulter der alten Frau legte. Er hatte die Absicht, sie zu irgendeiner Maßnahme mitzunehmen.

Entsetzt bekam er mit, wie die Frau erstaunlich schnell den rechten Arm hob, den Stock vom Rollator nahm und auf den Pfleger einschlug. Dabei kreischte sie laut: »Grapschen Sie mich nicht an!«

Das Weitere verstand Berger nicht, weil er wieder seine Hörgeräte vergessen hatte! Er wollte blitzschnell an den *Tatort* eilen, doch mit einem Stöhnen sank er in seinen Sessel zurück. Er hatte für einen Moment vergessen, dass sein Rückenleiden damit nicht einverstanden war und es ihm auf diese Art schmerzhaft mitteilte. Ihm blieb nur die Beobachtung! Seine Sinne waren aufs Äußerste gespannt.

Im Nu war ein Gerangel entstanden. Eilig rannten andere Pflegepersonen ihrem Kollegen zu Hilfe, und zusammen schleppten sie die aufgeregte Frau davon. In Berger erwachte ein regelrechter Beutetrieb. Er wusste nicht, warum sie so reagiert hatte. Der Sache musste er auf den Grund gehen. Er war in seinem Element.

»Da stimmt etwas nicht. Das geht nicht mit rechten Dingen zu!«, brummte er vor sich hin. Er nahm sich vor, als Nächstes seine Hörgeräte wieder zu benutzen, denn die Neugierde quälte ihn sehr.

Nachdem sich der alte Kommissar eine Zeit lang in dem Sessel ausgeruht hatte, stand er auf, rieb seinen Nacken und schob, leider humpelnd, wie er sich selber bedauerte, mit seinem Rollator in sein Zimmer. Er musste sich Notizen machen und seine Hörgeräte suchen, die er in irgendeiner Schublade vermutete.

Am Abend, als er den Speisesaal betrat, schaute er sich suchend nach der Neuen um, konnte sie aber nicht entdecken. Das machte die Geschichte für ihn noch verdächtiger. Auch in den nächsten Tagen tauchte die geheimnisvolle Frau nicht auf. Mehrmals am Tag fuhr er mit dem Fahrstuhl auf alle drei Etagen, schob und humpelte schlurfend durch die Gänge und beobachtete alles und jeden. Doch die Neue blieb verschwunden. Jeden Abend fiel er todmüde ins Bett. So eine Aktivität hatte er sich selber nicht mehr zugetraut. Erstaunlicherweise merkte er die Schmerzen in seinem Rücken nicht mehr so sehr. Berger blühte so richtig auf!

Unermüdlich fahndete der Kommissar nach der verschwundenen Frau. Einfach nach ihr zu fragen, das verbot er sich! Berger wollte auf keinen Fall den Anschein erwecken, sich für die Frau zu interessieren. Deshalb durfte er sich mit seiner Fragerei nicht verdächtig machen. Nach einer Woche bekam er zufällig mit, in welcher Etage der Neuzugang sein Zimmer hatte. Er hatte beobachtet, wie sie, von einer Maßnahme kommend, von den Schwestern im Rollstuhl in den Fahrstuhl geschoben worden war. Da er gerade neben dem Fahrstuhl stand, konnte er sehen, dass er im dritten Stock hielt. Mit Bedacht recherchierte Berger. Er musste sich eine Strategie ausdenken, wie er etwas über die Geheimnisvolle in Erfahrung bringen konnte.

Wieder einmal schob Kommissar Berger auf der dritten Etage seinen Rollator herum. Immer wieder versuchte er, die Namensschilder zu lesen, die an den Zimmertüren angebracht worden waren. Doch weil er sich wegen seines Rückens nicht gerade hinstellen konnte, zerflossen die Buchstaben vor seiner Sicht aus zu einem Einheitsbrei.

»Mist!, ich bin zu klein und zu krumm, um nahe genug heranzukommen«, murmelte er unzufrieden vor sich hin.

Auf gut Glück anklopfen wollte er nicht. Was sollte er wegen seines Besuchs für einen Grund angeben? Und außerdem wusste er nicht, ob sie wirklich in dem

Zimmer wohnte. Die Neugierde machte Berger ganz kribbelig! Was hatte es nur mit der Neuen auf sich?

Plötzlich hörte er hinter der Tür, an der er gerade vorbei humpelte, einen wütenden Schrei und ein fürchterliches Gepolter. Die Tür wurde aufgerissen, und ein Pfleger stürzte heraus. Sein Arm blutete. Bevor Berger reagieren konnte, rannte der Mann an ihm vorbei. Völlig erbost und aufgeregt schrie er zurück: »Das wird ein Nachspiel haben, gute Frau!« Dann verschwand er in Richtung Treppenhaus.

Da Berger heute ausnahmsweise seine Hörgeräte benutzte, bekam er alles gut mit. Aus dem Zimmer heraus schallte und keifte es hinter dem Pfleger her: »Ich bin nicht ihre *gute Frau*, verstanden? Und vergessen Sie das nie. So geht es jedem Kerl, der mich anfasst, basta!«

Mit klopfendem Herzen schlich Berger vorsichtig auf die offene Tür zu und schaute ins Zimmer hinein. Der Neuzugang! Hatte er die Stimme doch richtig erkannt. Mit hochrotem Gesicht lag sie im Bett und schimpfte wie ein Rohrspatz. Berger brauchte nicht zu fragen, was denn los sei, denn die Frau brüllte ihren ganzen Frust nur so heraus.

»Wie oft habe ich der verfluchten Meute hier gesagt, dass sie mir die Männer vom Leibe halten sollen! Was schicken sie mir vorbei? Einen Kerl! Und der fasst mich auch noch an. Ich könnte kotzen!«

»So beruhigen Sie sich doch, gute Frau, äh … ich meine natürlich …«, versuchte Berger sich stotternd zu berichtigen. »Der Pfleger tut doch nur seine Pflicht. Er wollte Ihnen gewiss nichts zuleide tun!«, flüsterte er ein wenig fassungslos.

»Ich bin auch nicht Ihre *gute Frau*«, kam es prompt. »Haben Sie mich verstanden? Versuchen Sie nicht, mich mit ihren dreckigen Griffeln anzupacken«, kreischte sie weiter. Sie war kurz davor durchzudrehen. Bei Berger schrillten alle Alarmglocken.

Ich hatte recht!, die ist nicht normal, dachte er.

»Was haben Sie mit dem Pfleger gemacht? Der blutet!«, trat er die Flucht nach vorne an. Er dachte sich, wenn er sie etwas fragte, lenkte er sie das von ihrer Wut ab.

»Ich habe mich nur mit dem Messer verteidigt, weil er mehrmals versucht hat, mich anzufassen. Diese Meute hier setzt sich über meinen Willen hinweg. Die denken, das ist nur eine alte Frau, der können wir vorbeischicken, wen wir wollen, das merkt die nicht. Ha, da haben *die* sich hier aber in die Finger geschnitten! Ein Kerl kommt mir nicht in meine Nähe, da kann ich noch ganz andere Saiten aufziehen!«

Kommissar Berger dachte ärgerlich, warum er sein Notizbuch nicht mitgenommen hatte. Jetzt musste er sich alles merken! »Wo hatten Sie denn das Messer her?«, horchte er die Frau aus.

»Das habe ich immer dabei. Ich muss doch auf der Hut sein.« *Die Pistole konnte ich schlecht mitnehmen. Die liegt in meiner alten Wohnung in einem guten Versteck,* dachte sie. »Vor Männern ist man nirgendwo sicher, und ich muss mich schließlich verteidigen können!«

In dem Moment kamen einige Pflegekräfte eilig über den Gang und auf das Zimmer zu gelaufen.

»Herr Berger, würden Sie bitte die Station verlassen!«, sagte die Oberschwester streng zu dem Kommissar.

Schade, dachte Berger. Er hätte zu gerne herausbekommen, was in diese Frau gefahren war. Er ließ sich Zeit und humpelte lauschend ganz langsam mit seinem Rollator auf den Fahrstuhl zu. Als er einstieg, erhaschte er den strengen Blick der Oberschwester noch einmal und drückte schnell auf den Knopf mit dem Buchstaben E.

Es verging eine weitere Woche. Nichts von seinem Neuzugang zu hören oder zu sehen, wurmte Berger sehr. Denn die Neugierde quälte ihn ganz gewaltig. »Das ist Behinderung der Staatsgewalt«, murmelte er wütend und dachte etwas friedlicher: *Wenn ich noch im Dienst wäre …*

Anna war voller Hass auf das Leben, auf die Situation, auf die Leute, eben auf alles! Ach, könnte sie sich doch nur wehren, so wie früher. Warum nur war sie so krank? Der Oberschwester hatte sie oft genug gesagt, dass sie ihr die Kerle vom Leibe halten sollte, und jetzt regte die sich auf, nur weil sie sich gewehrt hatte? So ein Schwachsinn! Und nun drohte sie auch noch, Anna in die Psychiatrie zu bringen! Sie wäre nicht normal! *Pah, ich und nicht normal!* Aber in die Psychiatrie, da wollte sie nicht hin. Musste sie eben kleine Brötchen backen, nahm sich Anna vor.

Es wurde eine Besprechung einberufen. Man wollte den Neuzugang beobachten und schauen, wie er sich weiter verhielt, und dann entscheiden, ob die Frau ein Fall für den Psychiater war. Anna verhielt sich ungewöhnlich still – und das schon vierzehn Tage lang.

Kommissar Berger machte täglich seine Runden und hielt wieder nach *seinem* Fall Ausschau. Nach einer weiteren Woche dachte er schon, dass sie in der Psychiatrie gelandet wäre. Aber als er an einem Sonntag auf die Terrasse des Aufenthaltsraumes zu schlurfte, um sich ein wenig in die Sonne zu setzen, entdeckte er sie. Sofort merkte er, wie sein Blut in Wallung kam.

Der Himmel war von einem intensiven Blau. Es war der perfekte Sommertag. Doch davon merkte der Kommissar nichts. Sein Beutetrieb ließ nur die Gedanken zu, mit denen er sich im Augenblick beschäftigte, nämlich, mit dem *Neuzugang.* In Decken eingehüllt döste die Dame in der Sonne vor sich hin. Der Ruhesessel neben ihr war frei. Berger wollte sich *zufällig* in den Sessel setzen. Aus Angst vor ihr, dass sie zuschlagen könnte, um ihn auf Abstand zu halten, wollte er ihn ein wenig abrücken. Er runzelte die Stirn und überlegte gerade, ob es ihm nicht zu schwer sein würde, denn der Sessel sah recht wuchtig aus. Gerade, als er sein Vorhaben in die

Tat umsetzen wollte, rutschte der Neuen der Stock zur Seite und knallte auf den Boden. Die Gelegenheit erkennend, eilte der Kommissar Zähne zusammenbeißend hinzu, und so schnell es sein Rücken zuließ, hob er ächzend den Stock auf.

»Zu freundlich!«, vernahm er die Stimme der Neuen, denn ausnahmsweise hatte er die Hörgeräte mal nicht vergessen! Der darauffolgende griesgrämige Blick von ihr verhieß allerdings nichts Gutes. Berger zog sich etwas zurück, denn mit dem Stock wollte er unter keinen Umständen Bekanntschaft machen.

Geschickt hatte er seinen *Neuzugang* bald in ein Gespräch verwickelt. Sie blieb erstaunlich ruhig. Ob die Neue so zugänglich zu ihm gewesen wäre, wenn er ihren Stock nicht aufgehoben hätte, daran zweifelte er. Aber egal. Zu einer Vernehmung war der erste Schritt getan.

Anna wunderte sich über sich selber, ihr machte es nichts aus, dass der ältere Mann sich neben sie setzte! Er war doch schließlich ein Mann! *Eigentlich müsste ich ihn wegjagen,* dachte sie. Doch irgendwie war er ihr fast sympathisch. *Verstehe das, wer will,* grübelte sie.

Die darauffolgenden Tage konnte es der Kommissar so einrichten, dass er kurz vor Mittag immer neben der Neuen draußen auf der Terrasse sitzen konnte. Dabei achtete er streng darauf, ihr nicht zu nahe zu kommen. Und den Stock, den behielt Berger im Auge. Wenn sie ihm den über den Kopf zog, würde er mit Sicherheit den Kürzeren ziehen. Das konnte er sich in seinem Alter nicht mehr leisten. *Ja, wenn ich noch im Dienst wäre, könnte ich ihr ganz anders gegenübertreten,* dachte er etwas traurig. Aber für eine belanglose Konversation reichte es immer. Es wunderte ihn schon, dass sie sich überhaupt mit ihm unterhielt, denn er war, wenn auch alt, ein Mann!

Ich muss sie erst in Sicherheit wiegen, nahm sich Berger vor, um sie weiter auszufragen. Er hatte nach ihrer ersten Begegnung den Angriff auf den Pfleger in seinem Notizbuch notiert. Mehrere Male konnte der Kommissar schon beobachten, wie unfreundlich und grob sie jedes Mal reagierte, sobald ein Mann auch nur das Wort an sie richtete. Nur bei ihm machte sie anscheinend eine Ausnahme. Warum, das wusste Berger nicht. Aber auch er konnte eine gewisse Sympathie für die Neue nicht leugnen. Auf jeden Fall beobachtete er sie weiter. Seit dem zweiten Angriff auf den Pfleger kamen nur noch Frauen in ihre Nähe. »Alles sehr verdächtig!«, brummte Berger in seinen Bart.

So lange die Schönwetterphase anhielt, gelang es dem Kommissar, sich immer wieder an seinen Neuzugang heranzupirschen. Er erfuhr nicht viel aus ihrem Privatleben. Sie war einsilbig und auch ziemlich unfreundlich. Bedachte ihn des Öfteren mit fragenden und auch mit bösen Blicken. Doch Berger hatte Zeit, und die Unfreundlichkeit machte ihm nichts aus. So etwas war er aus seinem Berufsleben gewöhnt. Angeblich hatte die

Neue keine Familie und immer alleine gelebt. Doch sein Gefühl sagte ihm: *Der Neuzugang wird mein letzter Fall!*

Herbst 2018

Anna wohnte seit fast fünf Monaten im Seniorenheim Friedensruh. Es war eine gute Entscheidung, denn durch ihre Gicht mit schmerzenden und verformten Knochen und den Schlaganfall war sie zum Pflegefall geworden und so bestens aufgehoben.

Wie es Kommissar Berger erreicht hatte, als einziger Mann an ihrem Tisch sitzen und die Mahlzeiten mit ihr einzunehmen zu dürfen, wusste keiner. Eines Tages war es so! Es machte Berger insgesamt etwas einsamer. War er vorher beliebt und gefragt, alleine wegen seines Berufes als ehemaliger Kommissar. Doch sobald er mit Anna zusammen war, traute sich keiner in seine Nähe. Wenn sie auftauchte, flüchteten vor allen Dingen die alten Herren, denn so mancher hatte am Anfang ihres Aufenthaltes im Seniorenheim mit ihren Grobheiten Bekanntschaft machen müssen.

Das Küchen- und Pflegepersonal hatte so eine Situation unter den alten Leuten noch nie erlebt. Irgendwie lebten Kommissar Berger und Anna wie ein schweigsames Paar auf einer einsamen Insel inmitten der anderen Mitbewohner. Keiner traute sich, das Wort an sie zu richten. So wusste Berger immer noch nicht, wie die alte Dame hieß, denn die Hörgeräte hatte er seit einiger Zeit verlegt. Aber das war ihm egal. Hauptsache, er konnte in ihrer Nähe sein.

Mittlerweile waren die beiden so aufeinander fixiert, dass sie die Beobachter rund um sie herum nicht mitbekamen. Das löste so manches Schmunzeln aus. Selten fiel ein Wort beim Essen. Sie maßen sich nur ab und zu mit mal freundlichen und mal mit weniger freundlichen Blicken. Obwohl sie sich erst seit dem Frühjahr kannten, war eine wortkarge Vertrautheit zwischen ihnen entstanden. Berger genoss es auf seine Art und Weise. Und Anna, die die Männer abgrundtief hasste, wurde durch den Kontakt mit ihm etwas milder und friedlicher. Obwohl er sich manche Unverschämtheit einhandelte, war es ihm ein Bedürfnis, Anna so nah zu sein. Nie im Leben wäre er darauf gekommen, dass diese Frau einmal seine große Liebe gewesen war, so sehr hatte sich ihr Äußeres durch die Krankheit verändert. Und sie wäre nie auf die Idee gekommen, dass der Kommissar, der sie damals bei den Hückeswagener Mordfällen vernommen hatte, im selben Heim wohnte wie sie, war er doch in Köln zu Hause. Berger war von ihr fasziniert und verspürte den Drang, sie so oft es ging zu sehen.

Das Schicksal gönnte Anna auch jetzt kein entspanntes Leben. Einmal durch ihre Krankheit geschwächt, verkraftete sie den Herbst nicht so gut und musste öfter das Bett hüten. Dann lief der Kommissar fast orientierungslos herum. Erst wenn Anna wieder auftauchte, konnte man sehen, wie er auflebte. Es war dem ungleichen Paar noch vergönnt, das Weihnachtsfest und den Jahreswechsel nach 2019 zusammen zu erleben. Am 01. Mai, zu Annas Geburtstag, konnte sie soeben noch zum Kaffee ihr Zimmer verlassen. Ende Mai kam sie nicht mehr auf die Beine.

Es regnete wieder in Strömen. Berger hatte schon tagelang keinen Kontakt zu *seiner Neuen*, wie er sie heimlich nannte, gehabt. Mittlerweile war er schon zum fünften Mal mit dem Fahrstuhl auf ihre Etage hochgefahren und an den Zimmern vorbeigehumpelt. Er hatte vergessen, aus welchem Raum der Pfleger gekommen war, den sie verletzt hatte. Deshalb konnte er auch nicht wissen, an welche Tür er klopfen musste. Jetzt fiel im auf, dass er noch nicht einmal ihren Namen kannte. Dann wäre es vielleicht einfacher gewesen, ihr Zimmer ausfindig zu machen.

Endlich nahm er sich vor, eine Pflegekraft zu fragen, warum seine Tischnachbarin nicht mehr zum Essen in den Speisesaal kam. Es war ja auch nur, weil er einen Fall vermutete, entschuldigte er sich selber. Verspottet zu werden, das konnte er nicht leiden. Doch die Pflegekräfte grinsten schon, wenn sie Berger auf dem Flur auf und ab gehen sahen. Und so kam es, dass er von einer Pflegerin einen Spruch zu hören bekam, bevor er fragen konnte: »Hallo Herr Berger, vermissen Sie Ihre Freundin? Es wird wohl noch eine Weile dauern, bis sie wieder auf den Füßen ist, sie hat sich eine Lungenentzündung eingefangen.«

»Was? Nein, ich vermisse sie nicht. Und meine Freundin ist sie nicht, auch wenn ich an ihrem Tisch sitze!«, empörte sich Berger. *Was bilden die sich denn ein! Nur weil man alt ist, wird man nicht mehr für voll genommen, obwohl ich immerhin ein Kommissar bin! Pah*, dachte er eingeschnappt.

Scheinbar interesselos fragte er dann noch mal nach der Neuen. Natürlich nur im Zuge seiner Ermittlungen! Als die Pflegerin den Namen der Frau nannte, war er so geschockt, dass sich sein Rollator davon machte. Er griff mit der einen Hand nach der Haltestange, die an der Wand angebracht war, und mit der anderen an sein Herz. Fassungslos fragte er noch einmal nach dem Namen.

»Wie heißt die Frau?«, röchelte er.

»Aber Herr Berger, Sie sitzen doch seit Langem mit ihr an einem Tisch, und außerdem steht der Name doch an der Tür! Geht es Ihnen nicht gut? Kennen Sie Frau Hellkamp etwa? Ist es eine alte Bekannte von Ihnen?«, fragte die Pflegerin jetzt besorgt.

Berger starrte zuerst auf das Namensschild an der Tür, das er nur unklar erkennen konnte. Dann starrte er mit offenem Mund auf die Pflegerin. »Das Schild ist zu weit weg … kann ich nicht lesen«, stotterte er. Dann murmelte er: »Nein, nein, mir geht's gut. Ich werde mich für eine Weile hinlegen und etwas ausruhen … laufe schon zu lange hier herum.« Er riss der Pflegerin den Rollator aus den Händen, drehte sich um und schlurfte, so schnell er konnte, auf den Fahrstuhl zu.

»Herr Berger, soll ich Sie begleiten?«, rief ihm die Pflegekraft hinterher. Doch er reagierte nicht mehr darauf.

Das war zu viel für Kommissar Jürgen Berger! Er hatte Anna nicht erkannt! Da die Mitbewohner mit dieser griesgrämigen Frau nichts tun haben wollten, hatten sie Anna nie angesprochen, denn sonst hätte er ihren Namen schon früher registriert, und außerdem lag es auch an den oft vergessenen Hörgeräten. Selbst die Pflegepersonen hatten in seinem Beisein mit Sicherheit Annas Namen schon mal erwähnt …

Die Gedanken stürmten auf ihn ein, verwirrten ihn und schwirrten wie ein Bienenschwarm in seinem Kopf herum. In seinem Zimmer angekommen, legte sich Berger auf sein Bett und ließ den Gedanken freien Lauf. Es war zu lange her, seit er Anna das letzte Mal gesehen hatte. Damals war sie jung und attraktiv gewesen mit dunklen Haaren. Jetzt krumm gehend, graue Haare – und das verkniffene, faltige Gesicht! Er grübelte über ihr Alter nach. Soweit er sich erinnern konnte, war er etwa zehn Jahre älter als sie.

Die Erinnerung an die jüngere Anna tat ihm weh. Mit Wehmut dachte er daran, wie er sie das erste Mal gesehen hatte. Damals, als sie zur Tür hereingestöckelt kam, hatte er sich sofort in sie verliebt. Das alte Gefühl durchströmte ihn. Wie lange hatte er mit sich gerungen, ob er sich ihr privat nähern sollte. Erschrocken wurde ihm klar, wie alt sie jetzt aussah. Was musste ihr widerfahren sein? Dann kamen plötzlich eigenartige Gedanken in ihm hoch. Mit dem nötigen Abstand zu Anna und der hier im Haus gemachten Erfahrung musste er den Fall Friedhelm Lunkmeyer noch einmal überdenken. Sein Körper überschwemmte ihn mit einem unglaublichen Gefühlschaos. Es hätte ihn aus den Socken gehauen, wenn er nicht schon in seinem Bett gelegen hätte. *Die Anna Hellkamp, der Neuzugang – hier im Seniorenheim Friedensruh? Ich fasse es nicht!* Die Gedanken in seinem Kopf fuhren Karussell. Die unaufgeklärten Morde aus Hückeswagen liefen der Reihe nach vor seinem geistigen Auge vorbei. »Irgendetwas stimmt mit dieser Frau nicht!«, flüsterte er vor sich hin. Und schon mischten sich seine Beobachtungen, die er im Seniorenheim gemacht hatte, mit den Recherchen von damals zusammen. Berger hatte Blut geleckt. Er sah eine Chance, die Geschichten der Morde aufzuklären. Mit dem nötigen Abstand von der jungen Frau, die ihn so fasziniert hatte, zweifelte er plötzlich an ihrer Unschuld. Es war für Berger jetzt nicht mehr so unwahrscheinlich, dass sie mit den Morden in Hückeswagen etwas zu tun hatte. Im Geiste sah er den Pfleger mit blutenden Armen aus ihrem Zimmer kommen. Doch dann wieder plagten ihn Zweifel, nicht ernst genommen zu werden, wenn er mit seinen Vermutungen an die Öffentlichkeit gehen würde. Wer glaubte schon einem alten Mann? Aber der einmal geweckte Beutetrieb ließ ihn nicht mehr los!

Berger musste sich mit Anna unterhalten und versuchen, etwas aus ihr herauszubekommen. Er musste sie geschickt an früher erinnern. Also ging er in die Höhle des Löwen. Er nahm sich vor, weit genug von Annas Bett stehen zu bleiben. Dann konnte ihm eigentlich nichts passieren. So stark war sie nicht, dass sie ihn aus dem Bett heraus anspringen konnte. Schließlich war sie jetzt nur eine alte, kranke Frau.

Der Kommissar nutzte seine Sonderstellung Anna gegenüber aus und trat in ihr Zimmer. Er konnte sehen, dass es ihr sehr schlecht ging und sie ganz und gar nicht begeistert war, ihn zu sehen.

Mürrisch schaute sie ihn an, schnappte nach Luft und sagte verletzend: »Was wollen Sie denn hier? Ich brauche keinen Besuch. Verschwinden Sie aus meinem Zimmer, oder ich rufe die Schwester.« Ihre Stimme war kaum zu verstehen. Jeder andere wäre auf dem Absatz umgekehrt und hätte das Zimmer verlassen. Doch Berger verstand es, Annas Aufmerksamkeit zu erlangen.

»Anna? Anna Hellkamp?«, fragte er ein bisschen ängstlich und schaute sie mit einem langen, traurigen Blick an.

»Wer sind Sie?«, knurrte Anna misstrauisch.

Berger holte Luft, und mit einem Anflug eines Lächelns auf den Lippen sagte er: »Wir sind uns vor vielen Jahren schon einmal begegnet, Frau Hellkamp.« Seine

Stimme bebte leicht, so sehr nahm ihn die Begegnung mit seiner alten Liebe mit. Eine Zeit lang sagten beide kein Wort. Jeder taxierte den anderen. Erinnerungen stiegen auf. Der alte Kommissar konnte sehen, wie es in Annas Kopf arbeitete. Erst zeigte sich Erstaunen auf ihrem Gesicht, dann Verstehen und dann meinte er, dass sich ihre Züge vor Hass verzerrten. Doch erstaunlich schnell entspannte sich Anna wieder. Obwohl sie es sich nicht eingestehen wollte, musste sie zugeben, dass ihr Bergers Anwesenheit guttat. Anna verstand sich selber nicht mehr.

Am nächsten Tag war Berger wieder da. Anna hatte schon auf ihn gewartet. Es drängte sie plötzlich, ihm zu vertrauen und mit ihm zu reden, denn sie fühlte, dass es bald mit ihr zu Ende ging. Die blanke Angst überfiel sie in immer kürzer werdenden Abständen, die sich zu einer Panikattacke ausweiteten. Dem Kommissar war es recht, dass sie zugänglicher wurde. Ihre Angst konnte er an ihrem Gesicht ablesen.

Zuerst saßen die beiden immer schweigend zusammen und tasteten sich mit den Blicken vorsichtig ab. Jeder hing seinen Gedanken nach. Berger dachte an die Zeit, wo er noch im Dienst war. Und Anna wäre am liebsten davongelaufen. *Ich habe nicht die Kraft, eine Tasse zu halten,* dachte sie. *Was bilde ich mir nur ein?* Sie wusste jetzt, dass Berger der Kommissar war, der sie damals vernommen hatte.

Anna ging es immer schlechter. Der Kommissar saß jeden Tag an ihrem Bett. Und jeden Tag wartete sie auf ihn. Fieberfantasien quälten sie. Ihr Gehirn hielt ihr die begangenen Morde vor. Bruchstückartig stammelte sie ihre Schandtaten vor sich hin. Zwischendurch war ihr Geist wieder klar. Anna wusste dann, dass der Kommissar mitbekommen hatte, dass sie die Mörderin war, die damals fieberhaft gesucht wurde. Sie sah, wie er an ihrem Bett sitzend, fleißig notierte. *Er will mich ins Gefängnis bringen,* dachte sie voller Entsetzen.

Wie jeden Tag machte sich Kommissar Berger wieder auf den Weg zu Anna. Wie mochte er sie heute vorfinden? Er humpelte auf den Aufzug zu, hatte es sehr eilig. Als er in ihr Zimmer trat, war er ehrlich erschrocken. Anna wimmerte vor sich hin. Jetzt geisterten ihre Albträume von früher durchs Gehirn. Und schon standen die alten, geilen Männer, die Kumpel ihres Vaters, vor ihrem Bett. Daneben sah sie ihren Erzeuger riesengroß am Fußende hocken. Sie hörte ihn höhnisch lachen. Und er feuerte seine Kumpel mit derben Sprüchen an, Anna zu missbrauchen. Ihr geschwächter Körper erlebte im Geiste die abartigen Misshandlungen immer wieder.

Plötzlich wurde es dem alten Kommissar zu brenzlig. Er hatte Angst um Anna. Berger wollte auf die Klingel drücken, um die Pflegekräfte herbeizurufen und dann auf sein Zimmer gehen, um sich ein bisschen auszuruhen. Gerade als er sich erheben wollte, wachte Anna auf und sah ihn ganz klar an.

»Ich fühle den Tod«, flüsterte sie und zeigte panische Angst. »Bitte bleiben Sie, Kommissar Berger. Es geht mit mir zu Ende. Lassen Sie mich nicht allein, bitte! Ich will niemand anderen hier an meinem Bett haben. Ich habe Angst vor dem Tod. Ich muss vorher beichten. Aber nicht bei einem Pfaffen aus der Kirche. Der würde schon tot umfallen, bevor ich meine Beichte überhaupt zu Ende gebracht habe. Bitte, Herr Kommissar, Sie müssen mir den Gefallen tun. Wenn ich nicht beichte, werde ich auch im Tod keine Ruhe finden!«

»Aber Frau Hellkamp. Ich bin ein Mann! Haben Sie schon vergessen, wie sehr Sie Männer hassen?«

»Das spielt jetzt keine Rolle mehr«, stöhnte sie leise. »Sehen Sie denn nicht, wie der Sensenmann dort am Fußende des Bettes auf mich wartet? Und dort hinten am Fenster steht Alfons Remmkel. Der Schreintler steht daneben. Sehen Sie nur, Herr Kommissar, wie er grinst. Auch Kottner und der Lunkmeyer, sie warten auf mich. Sie können meine Peiniger noch eine Zeit lang davon abhalten, mich zu holen. Nur Flori sehe ich nicht.« Anna weinte. »Ich habe ihm wehgetan, obwohl ich ihn, den einzigen Mann in meinem Leben, wirklich liebte.«

Kommissar Berger kamen Zweifel, ob er warten solle. Doch als sie anfing, aus ihrem Leben zu berichten, spitzte er seine Ohren.

Anna sah sich als fast neunjähriges Mädchen am Bett ihrer Mutter sitzen, um ihre Beichte zu hören. In Bruchstücken plapperte sie vor sich hin, was sie erlebt hatte. Dann spielte der Traum von den Puppen mit, deren Arme und Beine ausgerissen waren.

Bei Berger mussten alle Altersgebrechen für eine Zeit zurückstehen. Er fühlte sich wie damals, als er Anna ins Präsidium geladen hatte. Berger beugte sich vorsichtig zu ihr herüber. »Wenn Sie erlauben, Frau Hellkamp, komme ich morgen wieder auf ein Stündchen vorbei?«, sagte er sehr zuvorkommend.

Statt einer Antwort, griff Anna plötzlich nach seinem Arm. Er zuckte ängstlich zurück und wollte flüchten. Berger war auf das Schlimmste gefasst. Doch ihre Finger krallten sich in dem Ärmel seines Pullovers fest, sodass er sitzen bleiben musste. Ihr Atem pfiff, ihr Gesicht lief blau an. Immer wieder versuchte Berger, auf den Alarmknopf zu drücken, damit eine Pflegekraft kam. Doch Anna hatte sich so sehr in seinem Arm verkrampft, dass sie ihn förmlich zu sich herangezogen hatte. Sie flüsterte: »Herr Kommissar, Sie dürfen niemandem verraten, was ich Ihnen jetzt erzählen werde ...« Ein Husten schüttelte ihren Körper.

Berger schaute in ihr vom Tode gezeichnetes Gesicht. Er befürchtete, dass sie auf der Stelle verstarb. Annas weit aufgerissene Augen ließen ihre Panik erkennen, die sich in ihnen widerspiegelte. Er war entsetzt und wusste nicht so recht, was er machen sollte. Er wollte hören, was sie zu beichten hatte, wollte aber auch nicht schuld sein, wenn sie wegen seiner unterlassenen Hilfeleistung verstarb.

Ein Stöhnen holte seine Aufmerksamkeit zurück. Er beugte sich noch näher zu ihr herunter, um zu verstehen, was sie ihm erzählen wollte.

Anna beichtete, zwischendurch schlief sie vor Erschöpfung immer wieder ein. Wenn sie weitererzählte, hatte sie es eilig damit, ihr Gewissen zu erleichtern. Der Kommissar hörte ihr aufmerksam zu.

Dann war es geschafft. Anna hatte das erste Mal in ihrem Leben über all die Schmach, die Schmerzen, Demütigungen und von ihren Morden, die aus Rache geschehen waren, gesprochen. Sie fühlte sich erschöpft, aber innerlich gereinigt. Nun war sie bereit, über die Schwelle vom Leben in den Tod zu gehen. Dass sie sich ausgerechnet in ihrer Todesstunde an einen Mann geklammert hatte, war ihr nicht mehr bewusst.

Jürgen Berger saß noch lange an ihrem Bett. Obwohl er total erschöpft war, hielt er ihre Hände fest, die jetzt ganz ruhig in den seinen lagen. *Schöne Hände,* dachte er. Dann schaute er in ihr Gesicht. Es war ganz entspannt und friedlich. Anna sah richtig jung aus! Man konnte deutlich erkennen, wie schön sie in jungen Jahren gewesen war. Eine vorwitzige graue Locke hatte sich noch schnell über ihre Stirn gekringelt, bevor der Tod alles mit sich nahm. Berger erinnerte sich, wie fasziniert er immer auf ihre Haare geschaut hatte, die sich auch damals ab und zu aus ihrer Frisur gelöst hatten. Er nahm dieses Bild mit Wehmut in sich auf, denn diese Frau hatte er einmal geliebt, doch das Schicksal hatte mit ihm und Anna Hellkamp etwas anderes vorgehabt. Und jetzt war es sowieso zu spät.

Plötzlich liefen dem Kommissar Tränen über die Wangen. Wie konnte es passieren, dass Anna zur fünffachen Mörderin geworden war? Er schaute wieder auf ihre Hände. Wie konnte es sein, dass diese Hände fünf Menschen umgebracht hatten? Was hatte sie erleiden müssen, dass aus einem kleinen, unschuldigen Mädchen eine gefühlskalte Mörderin wurde? Den Grund kannte er nun, auch wenn er nicht ansatzweise nachvollziehen konnte, wie sehr sie ihr ganzes Leben gelitten hatte. Aber wie konnte das Leben so grausam sein, um *das* aus einem Menschen zu machen?

Berger sackte vor Schwäche auf seinem Stuhl zusammen. Endlich drückte er den Alarmknopf, den er mit seiner linken Hand verkrampft festhielt. Die eiligen Schritte der Pflegekräfte hörte er gedämpft an seinen Ohren. Dann ging die Tür auf, und sanfte Hände stützten ihn beim Aufstehen. Andere Hände führten ihn fort, von der immer geliebten Frau. Wie er in sein Zimmer gekommen war? Er wusste es nicht. Er spürte nur das weiche Bett unter seinem Körper und entspannte.

»Herr Berger, ich gebe Ihnen jetzt eine Spritze. Sie können dann etwas schlafen«, sagte eine leise, ruhige Stimme. »Wenn es Ihnen nicht gut geht, drücken Sie den Alarmknopf. Es kommt dann sofort jemand zu Ihnen, hören Sie?«

Berger nickte und fühlte dann mit geschlossenen Augen, dass er allein war, und nun ließ er seinen Gedanken und Tränen freien Lauf. Er erinnerte sich zum hundertsten Mal, wie er Anna hier in Hückeswagen bei den Mordermittlungen kennengelernt hatte. Ganz deutlich sah er sie vor seinen Augen. Aufregend und schön.

Es ging wie ein Lauffeuer durch das Seniorenheim *Friedensruh*. Anna Hellkamp war mit vierundsechzig Jahren an ihrer schweren Krankheit verstorben, und Kommissar Jürgen Berger hatte ihr in der Stunde ihres Todes beigestanden.

Es ging ihm nicht gut. Man befürchtete das Schlimmste. Doch nach einer Woche hatte sich Berger wieder erholt. Seltsamerweise wurde er nach Annas Tod sehr schweigsam. Man vermutete, dass sich der Senior in die Dame verliebt hatte und nun litt, da sie verstorben war. Es wusste niemand, wer Anna Hellkamp in Wirklichkeit war.

Berger schloss mit sich und seinem Beruf Frieden. Er musste erst einmal Annas Beichte verkraften. Für die Öffentlichkeit blieben die Morde weiter unaufgeklärt. Nur der Kommissar wusste jetzt, wie es sich wirklich zugetragen hatte. Es war ihm aber zu anstrengend, den Behörden seine Recherchen mitzuteilen. Er wusste nicht einmal, ob man ihm die Geschichte glauben würde.

Vielleicht lächelte man über ihn und schrieb es seiner Fantasie zu, denn er hatte ein aufregendes Leben hinter sich! In einer stillen Stunde vernichtete er alle Aufzeichnungen, die er von Anna Hellkamp gemacht hatte, und war zufrieden damit.

Berger lebte noch eine Weile im Seniorenheim *Friedensruh*. Den Pflegekräften und den Besuchern war es ein gewohntes Bild, den Kommissar in der Empfangshalle in seinem Lieblingssessel sitzen zu sehen. Doch ein halbes Jahr nach Annas Tod schlief er eines Abends ein, um nie wieder aufzuwachen. Der Sessel in der Empfangshalle blieb leer. Manch einer fragte nach ihm. »Kommissar Jürgen Berger ist den Weg gegangen, den wir alle einmal gehen müssen«, bekamen sie dann zu hören.